U0133681

书店的温度

刘二囍 著

南方出版传媒
花城出版社
中国·广州

图书在版编目（CIP）数据

书店的温度 / 刘二囍著. -- 广州：花城出版社，2018.6
ISBN 978-7-5360-8619-7

Ⅰ. ①书… Ⅱ. ①刘… Ⅲ. ①散文集－中国－当代
Ⅳ. ①I267

中国版本图书馆CIP数据核字 (2018) 第050853号

出 版 人：詹秀敏
责任编辑：欧阳蔚　李珊珊
技术编辑：凌春梅
内文设计：姚　敏
封面设计：甄璀烨

书　名	书店的温度 SHUDIAN DE WENDU	
出版发行	花城出版社 （广州市环市东路水荫路 11 号）	
经　销	全国新华书店	
印　刷	广东新华印刷有限公司 （广东省佛山市南海区盐步河东中心路 23 号）	
开　本	880 毫米 × 1230 毫米　32 开	
印　张	6.875　1 插页	
字　数	105,000 字	
版　次	2018 年 6 月第 1 版　2018 年 6 月第 1 次印刷	
定　价	48.00 元	

如发现印装质量问题，请直接与印刷厂联系调换。
购书热线：020-37604658　37602954
花城出版社网站：http://www.fcph.com.cn

1200bookshop

GUANGZHOU

序言

在1200bookshop体育东店，有着一个不合时宜的老旧书柜，上面红底黄字，印着红枫叶的字样。

这个来自于红枫叶书社的书柜，其实是一件遗物。

创办于1998年的红枫叶书社是广州的一间知名独立书店，专营人文社科类图书，深受民众喜爱。具有理想主义情怀的店主张良珠先生原本是银行职员，凭借着对书的热爱，辞职后兢兢业业经营书店长达16年，很多读者成为了张先生的忠实顾客，红枫叶也成为了广州读书人之间推荐书店的优选。

自2008年起，书店行业开始步入低谷，红枫叶书社出现亏损，运营变得越来越难，但是张先生并没有放弃，变着法儿去坚守，通过其他的收入去补贴书店。

2014年，张先生突发疾病去世，红枫叶书社负债累累，无人接管，面临即将消失的命运。为了让书店得到延续，我们保留了张先生留下的所有图书，从铁锤下抢救出了部分书柜。

为了表达对红枫叶书社的敬重，我们将这个书柜在1200bookshop继续沿用。我出过一本叫作《愿天堂就是书店的模样》的书，书名便是为了纪念张先生。

由于搬运红枫叶书社的物品，我与张太有过几次接触，聊她的先生，聊她的家庭。她不善言谈，非常朴实的一个人，与文艺完全搭不上边，她说书与情怀都是她丈夫自己的事，自己管不了也帮不到，言语间流露着哀叹的情绪，瘦弱的身体与花白的头发，看上去明显经受着生活的重压。

张先生经营书店十余年，并没能给家人带来很好的物质生活，后几年甚至拖累了家庭。离开人世后，让妻子与女儿陷入更深的困境。对张太而言，开书店并不是美好的事物，甚至是排斥的，当我问起她如果以后自己的女儿也要开书店的话，她是否会支持时，她表示不会。

那一瞬间我是黯然的。

那时他们的女儿十五岁，刚刚初中毕业，我不清楚她爸爸的过往对她是否有很深的影响，她是否也会对书店一往情深，是否有意日后将爸爸苦苦支撑的书店重新扬帆起航。

而我私心里多么希望这种美好的事物可以得到传承，而不是像瘟疫一样被避开。

之后的日子，我只是逢年过节会跟张太联系一下，说些祝福的话，并没有太多交集，她来过几次书店，我们也都没有碰到。

今年六月，突然接到了张太的电话，她问我可以让女儿来书店做暑假工吗？说她刚刚高考结束，希望她可以找点事情做。

我才意识到，时间过了三年，当初那个小姑娘已经长成大人，十八岁了，一个初中毕业生即将成为大学生了。我一时嘴快，回问张太："你不是不希望女儿再接触书店吗？"她在电话那头支吾了一会，并没有说到点上。不过我想这应该是因为她看到了1200bookshop呈现出了与传统书店完全不一样的模样，活得有朝气有生命力，而非迟暮之年的老态。她不止一次对我发出赞叹，或许可能是1200bookshop改变了她的心态，打开了关于书店的死结。

我赶紧打住刚刚的问题，告诉她可以让女儿随时来书店，我一定会安排好。

挂上电话后，我是兴奋的，因为，一扇被关闭的门终于有机会被打开。

我拜托了书店各部门的负责人，要对她多多关照，让她在书店的两个月里可以收获更多的东西，让她看到书店的多种可能性，让她知道书店不会走进穷途末路，是一个美好的存在。

我多么希望她可以爱上书店，甚至希望她可以想要和自己的爸爸一样，拥有开一间书店的想法。我知道，将红枫叶延续下去，是张先生的一个愿望。

七月，她来到书店上岗，两个月的时间，很快过去了。八月的最后一天是她在书店工作的最后一天，三天后她会去广东财经大学报到，成为一名大学生，开始自己新的人生征程。

临别前，我招呼她和另外一个明天同样也会离开的义工一起合影，于是就留下了这张照片。

自始至终，我都没有问她是否喜欢书店，但当拍照时，在我面前一向腼腆与拘谨的她，突然伸出手用力挽住我胳膊的那一刻，我知道我有了答案。

我相信，八月的最后一天，不会是她在书店的最后一天。再见，会再见。

（关于张太的故事，请见本书中《张太：书店天堂》一文）

| 目　录 |

书店童年

　　仓央嘉措说：一个人需要隐藏多少秘密，才可以巧妙度过一生？

　　深夜的书店，秘密和秘密，一生又一生相遇。在这里，便像是一个江湖。萍水相逢，不问出处，我很高兴和很多人相遇，很荣幸知道他们的故事，并与他们相伴同行几个夜晚，然后，再度带着各自的心事，相忘于江湖。

　　也有些人，注定难以忘记。比如一个叫杨东的小孩。

　　我记得的，是他还欠我一块钱。

·

2014年，我决定在广州开一家24小时书店。

在那之前，我在六运小区开了两家咖啡馆，运气不错，很快就过上了伪文青们理想的日子：白天看书写字晒太阳，晚上抽烟喝酒瞎扯淡。偶尔想起之前在建筑设计院里通宵画图的苦逼经历，我觉得就像做梦。梦醒，心中竟有一丝窃喜。

狐朋狗友们听说我要开书店，顿时炸了锅：

开书店？！昨晚喝高了吧？你读过几本书啊？

今天出门照镜子了吗？一个长得像混夜店的人，开书店？

人丑就要多读书，至情至理。总之，2014年7月份，夜店，啊不，书店开张了。至于为什么要开书店，至于为什么24小时不打烊，至于为什么起名1200bookshop，又是另一个很长的故事。

当然，开张之后，也一度惶恐：妈的万一晚上真没人来，岂不是打脸？我以后还怎么在夜店圈混下去？

不过好在，之后深夜来访的客人数量远远超出了我的预计。原来每天还真他妈有几十号人，跑来这里待一整夜。

他们有的拖着行李箱，"赶早班机，来这儿坐着便宜。"满眼真诚。

有的干脆带着换洗衣服来。比如一个老头，每天坐在书店的免费阅读区，研究一堆砖头一样厚的语言工具书：法语词典、俄语词典、西班牙语词典……配上他一头银发，活脱脱一个中国版马克思，光看着就让人肃然起敬。然而，在他像马克思一样把地板坐穿之前，他遭到了周围读者的举报，原来马克思还会偷吃邻桌人的方便面。

还有躲在角落里忧伤的年轻女孩儿，此种情景应当赶紧过去搭讪。她跟男朋友吵架，分了手。因为刚来这个城市，无处可去，只好来这里过夜。"还好有你们在。"她流着眼泪说道。我一边忙不迭地安慰，一边心想，也还好有你在。

如此掐指一算，操，我岂不是被数万人"睡"过了？

当然，在有着一千多万人口的城市广州，白天车水马龙，夜晚光怪陆离，这不过是惊鸿一瞥。一千万人中的每一个人，都如川剧"变脸"一般，处在不停的角色扮演之中。也许只有到了深夜，那个叫作"自己"的角色才有机会走上舞台。

能成为为数不多的观众之一，也算一种荣幸。

能观看许多真假参半、异彩纷呈的剧情，我开始意识到，魔幻现实主义，并不仅仅存在于小说中。

我得以领悟到仓央嘉措的诗：一个人需要多少秘密，才可以巧妙度过一生。

书店，尤其在深夜，更像是一个江湖。萍水相逢，不问出处。我很高兴和很多人相遇，知道他们的故事，并与他们同行几个夜晚。相濡以沫，不如相忘于江湖。我很明白这个道理。

不过，我依然有两个问题想问：

都坐免费区，还让不让人活了？

在书店一住就大半年的，你们究竟是搞什么事情？

· ·

两项全占的开山鼻祖，就是杨东。书店刚开业不久，我就在人来人往的顾客中注意到他。

他只有十来岁，苹果一样圆圆的脸庞上有着一双细小狭长的眼睛。眉毛很淡，鼻子很大，头发和鼻梁一样塌。总之，看起来温顺乖巧，人畜无害。那一阵他经常出现，很快，很多顾客见到他都要撸一把他的头发：

哎哟，小姑娘长得真好看，今年多大啦？

我在一旁听到，喝进去的一口水差点喷出来。然而杨东压根不辩解自己其实性别男，笑嘻嘻地回答："今年十二岁啦。姐姐，你长得也很好看呀。"

我赶紧瞟了一眼那位姐姐，我的妈呀，什么姐姐，简直真的能当"我的妈"了好吗？就在我感叹的工夫，这小鬼头已经三言两语，哄着那位"姐姐"带他出去吃牛杂了。

我原以为他是某位顾客带来的孩子，然而夜深人静后，他依旧坐在免费区看书。这就难免有点奇怪了，我过去问他："小鬼，你怎么不回家？"

"老鬼，我有名字，我叫杨东。"

"……好吧，杨东，这么晚了，你爸妈呢？"

"爸妈这段时间不在家。"

第二天白天，我再次来到书店。杨东依然坐在那里，这一次，他正在玩手机，旁边桌上放着一碗牛肉面。手机，是哄着其他顾客给他玩的。而牛肉面，是早上帮"店长哥哥"倒垃圾，赚来的。

我一边感叹他的高情商，一边试探着问："学校放暑假了吧？"

他全神贯注地玩着游戏，心不在焉地点点头。

"作业写完了吗？"

他摇摇头，又点点头。

"我要告诉你爸妈你都不做作业，只知道玩。"

"爸妈在家打麻将，他们让我来书店玩的。"

说完，他似乎想起了什么，放下手机，眯起本来就小的眼睛，吐了吐舌头。

我说："喂，都是男人，直接一点不行吗？说吧，你是不是无家可归？"

他马上抗议："我有家，只是不想回，而且不能回。"

不能回的原因，他再也不肯说了。也罢，既然书店24小时营业，那么就应该平等接纳每一位前来的客人，无论老幼。更何况，多数时间，他都在看书，并没有惹是生非。我想，只要看书，我们都应该给予尊重。

所以，我没有再问下去，只是跟他约法三章：晚上可以躺在消费区的沙发上睡觉，但上午十一点要起床。

不许睡觉的时候把书压在脸下，把口水流到书上。

不许多日不洗澡不洗衣，以防异味过重影响其他读者。

最重要一点，不许偷偷拆开男人装杂志看！

就这样，杨东带着他的秘密，在书店驻扎了下来。从那以后，他越来越多地出现在书店，很快，他的粉丝已经超越了我。有女生会在第二天他尚未睡醒时，悄悄把早餐放到他身边的桌上；有情侣会带他出去吃小吃；甚至有人愿意带他回家洗澡。

他也跟店员混得很熟。这边梦娜姐姐给他买了双鞋，那边阿伊姐姐竞赛似的给他买了身衣服。然后转身，就来找我报销，理由是：哎妈，没想到小孩儿衣服这么贵，我发誓我这辈子一定不生什么小孩了！

我气愤地找到杨东："我说，杨男神，传授一下秘诀呗。万一哪天被你搞破产了，我也能像你一样衣食无忧哇！"

他大度地表示不吝赐教，带着我体验他在书店以外的生存技巧。

于是，我知道了岗顶的国美电器里，有免费的手机和电脑游戏玩；百佳超市和永旺卖场里，有各种免费试吃可以填饱肚子。正佳商场负一层，有个女生店主心很好，曾经送给他一身夏装。

天河城六楼的游乐场，很多工作人员都是老相识。去了报他的名字，这个谁那个谁会请吃饭……

讲完，他伸出手："两块钱，买个泡面。"

我掏出了五块钱。然而他翻了翻口袋，掏出一张卷得皱巴巴的毛票："这是找你的，但只有两块了。欠你一块，先记账上。"

"不用还了。"

他一溜烟跑到门口，忽然又折返回来，刷地朝我弯腰鞠了一躬："谢谢老板，我会还你的！"

· · ·

没多久，矛盾还是爆发了。

杨东毕竟是个小孩子，一旦对他好，便有点忘乎所以。隔三岔五，我就被客人投诉：那是你的孩子？这么吵也不管管，是你亲生的吗？！

我只好叫他过来，当众给顾客赔礼道歉，恳请他考虑一下我的人设。

接下来，又有人找到我说小孩找他要钱买吃的，有时甚至不依不饶地纠缠。

我只好再次叫他过来，吓唬他说马上让警察找家长把他带走。杨东听完一言不发，脸上楚楚可怜流下两行眼泪。妈的这个表情帝，还没等我发话，他的各种"姐姐"就把我包围了：

有你这么吓唬小孩儿的吗？

杨东招你惹你了？来，乖，甭理这个怪蜀黍，姐姐带你去吃甜品压压惊。

为了央求我不报警，杨东第一次向我透露了他的一丁点个人信息。

他说，他的妈妈已经不在了，后妈不给他饭吃。他去过少年儿童救助保护中心，不过很快又逃了出来，用他的话说，那里"太恐怖了"。

听完这话，我很是犹豫了一阵。我无法判断他嘴里有多少真话，但如果这里面仅有一点是真实的，把他赶走，也有点让人于心不忍。

就在我犯嘀咕的时候，那个客人再次走了过来：你千万别信这个小孩儿的话，他心眼儿可多了！你知道他怎么问我要吃的吗？他说，书店不提供Wi-Fi，但我知道密码，只要你给我

买吃的，我就……

我果断地把杨东轰了出去。

· · · ·

杨东走了之后，我非但没获得一点消停，反而更加烦躁了。

先是各种专程前来跟杨东玩的客人，听说我把他赶走了，纷纷跑来指责我冷血：

"这么小的孩子，你让他上哪儿去？万一被拐卖了，你负得起责任吗？"擦，说得好像我是他监护人一样。

还有跟祥林嫂一样嘴里不停念叨的："天都这么冷了，他衣服那么单薄……"

更有甚者，直接使出必杀："等你有了孩子，哼，你就知道了。"说得很有道理，我无言以对。

夜深人静，他们终于各回各家，书店也进入一天之内最宁静安详的时刻。我坐在落地窗边，打开电脑，莫名其妙决定写写和杨东在一起的故事。写作间隙偶尔望望窗外，已经12月

了，广州的气温这几日突然降了好几度，大有一夜入冬的趋势。晚上，的确有点冷了……

思路断了，我茫然翻着桌上的留言簿，一则留言仿佛从本子里跳出来，瞬间进入我的视线：

"在广州这座城市，我没有什么朋友，我想不起来第一次是怎么找到这里的，说不清的相遇，就让缘分去解释吧。

每一天晚上我都会在这里待到凌晨，安安静静地看书，心烦的时候我就找杨冬（东）小朋友玩，我特喜欢这个小孩！24 岁的我在这里挺好。"

阿伊过来问我要不要一起点点夜宵。我点头，掏钱时我看到那张皱皱巴巴的两块钱，是杨东给我的：

"这是找你的，但只有两块了，欠你一块，先记账上。"

阿伊似乎看出我在发愣，她说："要不，我们把杨东找回来吧。"

见我犹豫不决，她果断补了一刀："你知道吗，杨东跟我说，住在书店之前，他曾经睡在麦当劳肯德基，曾经有猥琐男以为他是个女孩儿，趁他睡着摸他下面……"

在广州这座城市，我没有什么朋友。😔
我想不起来怎么找到这里的，说不清的。

相遇就让 第一次是 缘份去解释吧！@1200bookshop

每一天晚上我都会在这里呆到凌晨，
安安静静得看书，心烦得时候我就找
橙子小朋友玩，我特喜欢这个小孩！

24岁的我，在1200bookshop平静得度过，
我没有什么建议，我希望我能一直存在，
在这里，挺好！

周修游
2014.10.24.

感谢杨东传授于我的流浪生存指南，当天夜里，我和店员按图索骥挨个找了个遍。找到他时，他穿着一条短裤，腿上裹满报纸取暖，活脱脱是现实版的三毛流浪记。

而我到底在他生命里扮演了一个什么角色呢？我无法回答，只能拉起他说：

走吧，回书店去。

· · · · · ·

几天之后，当我再次走进1200bookshop，瞬间被眼前的场景惊呆了。

坐在桌边的杨东，俨然一副阔少爷的姿态。他左手戳着手机屏幕玩着游戏，右手支着，几个年轻人围坐在他身边，正在为他剪指甲。

这他妈的成何体统？我大喝一声，那几个年轻人顿时吓得一哆嗦。过去一问，原来他们是某高校的学生。看到了我发的杨东的故事，一大早专程过来献爱心。

没错，我终于写出了杨东的故事。或者说，杨东终于告诉了我他的故事。

杨东出生在贵州铜仁的农村，他的生母是生父的第二任妻子。然而，在生下他不久，她便弃他而去，远嫁他乡。

六十多岁的父亲最终选择了和他的原配复合。于是，别人都是后妈，他有的，却是前妈。当那个女人再次回归，杨东发现，他同父异母的哥哥们都已经成家立业，已经让他的生父抱上了孙子。

而他的生母，也在江西另外组建家庭，生了孩子。显然，不论哪一边，他都已经彻底没了存在感。

紧接着，为了生计，父母决定来广州，成为中国两亿外出劳务大军中的一员，而杨东就成了 1000 万随迁子女之一。他住在客村的城中村，上的是附近的打工子弟学校。父亲靠拉人力车为生，无暇顾及他，而家里的那个让他不知道该如何称呼的妈，常常不给他饭吃。就这样，他开始了流浪。

复杂的身世，决定了他无法按照正常孩子一样长大，注定要颠沛流离。听完他的话，我有点踌躇。虽然我欢迎他住在书店，但到底无法给他一个孩子该有的生活环境。如果发布他的故事，他一定会得到更多人的帮助。但同时，他也有可能更加无法回归日常生活，行善也许会成为变相的作孽。

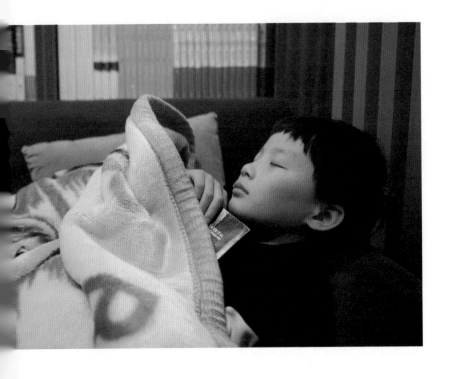

我跟他郑重聊了次天，征询他的意见。

杨东可怜巴巴地说："我不是流浪儿童，我有家，只是不想回去。"

我说："面子与温饱，你要哪个？"

他想了想，平静地说，后者。

"那你有心理准备了吗？"

"有的。"

果然，在文章发出的当晚，就有人送了一条裤子过来，还有一条睡觉可以盖着的毛毯。然后，就如刚才你看到的那样，一些不合时宜的关爱接踵而至。

"你心里有个屁准备呀！"我一边心里骂，一边驱散了那帮大学生。再一看隔壁桌，好嘛，早已经端坐了好几个严阵以待的记者，足以凑够一桌麻将。他们自报家门，说早上八点就蹲守在书店，给我打了数十个电话我都不接。想到自己十二点才起床，我顿时无比羞愧。

几轮采访下来，我意识到杨东接下来的生活会发生重大改变，而走向如何，全取决于我的决定。我拒绝了记者希望我问杨东要到他父母电话的想法，"这么快通知对他不管不问的家长，可能并不是他想要的结果。"我俨然一副外交部发言人的嘴脸，对领土主权争端发表了义正词严的意见。

送走记者后，我又忙不迭地和杨东召开第二次内部会议。我瞪着他说："杨少爷，要不要也给我剪下指甲？"

杨东低着头不吭声。他大概听到了刚才记者的话，对联系他父母的事感到不安。

我说："你想让你的爸妈把你接回去吗？"

他的头摇得像个拨浪鼓。

"那附近的辅导班老师跟我说，愿意你去她那里念书，你有没有兴趣跟我去看一看？"

他忙不迭地点头。

是的，经过一夜思考，我想比起缺失家庭，他更缺的是教育，以及同龄人的陪伴。当我带着他一路走进辅导班时，我恍然看见了十年后的自己，为了孩子接受更好的教育而四处奔波，就差体验买学区房了。

我分明还未婚啊！

接下来，我犹如被班主任喊去学校的家长，和辅导班的万老师认真商量着对策。万老师比我想的还要真挚，她说如果愿意的话，杨东不仅可以来这里上课学习，还可以吃饭睡觉。平时也可以在书店待着，但上课时段一定要回来上课。

我们又对杨东进行了语重心长的教育，我惊讶地发现我正源源不断地输出当年爹妈的教育观：

"你很聪明，如果能够沉下来用心学习，将来会有很多好的出路。"

"等你长大，如果没有谋生的本领，就只能靠偷摸拐骗过活，你愿意成为社会寄生虫吗？"

"一个人可以没有文凭学历，但一定要有一技之长。"

……

杨东当即决定愿意留下来，并答应会按照辅导班的规矩按时上课。事实上，当我看见他进门看见满屋子的童书，顿时拿起一本就不肯放下时，我知道，事情已经成功了一半。

紧接着，杨东一挥手说："你自己回去吧，我在这儿吃晚饭。"两个小时后，他再次出现在书店，直截了当地告诉我："我来拿客人给的毯子，今晚就睡在辅导班那边了。"

我这么快就被他抛弃了？！

帮他收拾好行李，送孩子离家上大学的心情油然而生。我为他感到高兴，在书店毕竟不是长久之计。可是，我还是有些忧虑。那里有专职的老师，有更可口的一日三餐，也有睡觉的地方，这是比书店更好的去处。但这野惯了的孩子能否适应？

又到底能待多久呢?

想起有一天，我指着一群路过的小学生问杨东，你羡不羡慕他们? 他摇摇头。

我说，讲实话!

他小声说，一点点吧。我不羡慕他们可以读书，我羡慕的是他们在学校可以交很多朋友。

唉，走吧走吧。

之后几天，尽管我一再告诫自己不要手贱，不要嘴贱。但最终还是失败了。从第二天开始，我不断询问万老师那边的情况，好在，眼下传过来的消息都是正面的:

第二天的整个白天，杨东基本都安分地待在了辅导班那边。

他交了一个朋友，被称作胖子。胖子最先跟他说话，而且从家里带了衣服给他。杨东全身上下焕然一新。很快，他们就玩到了一起。

中午吃饭，煮饭时杨东在锅里倒了些醋，说这样饭比较好吃。但吃的时候没有醋味了，他很是好奇。

课间时间，杨东和胖子，还有其他几个男孩子一起到楼下广场打球，风风火火，热火朝天的样子。

读书学习、运动嬉闹，哎，我好像很久没这么干了啊。

我暗自庆幸杨东有了个好归宿，事情狂飙突进到这里，也该有个happy ending了。然而，我莫名又觉得事情不会这么快了结，我隐隐觉得我只是处在台风的中心眼，周围正在暗暗酝酿着风起云涌。

正在瞎想，手机响了，又一条万老师的消息到来：

上次那个记者，通过救助站找到了杨东的爸爸，要来领人。

记者要不要这么拼啊？

· · · · · ·

2016年的冬天，比以往都要温暖一些。

广州城依然白天是车水马龙，晚上是光怪陆离。书店依然24小时营业，如果说有一点不同，那就是我又开了两家书店。

所以，我又被更多的人"睡"过了。

这一天，和过去几年一样，我再次在深夜来到了书店。这天的体育东店比往常要更热闹一些，因为有两家电视台驻扎在此进行专题片的拍摄，日本的NHK和中国的CCTV，他们彼此见面都不说话。

每一天，每一个人都如川剧"变脸"一般，处在不停的角色扮演之中。今天深夜，我扮演的角色是书店的代言人，我挨个接受了他们的访问，一遍又一遍地回答着一些问题：

"您为什么想到开一家24小时的书店？"

"深夜来这里的顾客都是什么样的人？"

"书店里都卖什么类型的书？"

我带着他们在书店里转悠，随手拿起一本书做展示。那本书是安东尼·布鲁诺的《七宗罪》。看到封面，我停顿了一下，但马上，过去半年内被无数次采访的经验让我迅速接上了篇。

"有哪些你印象深刻的客人，可以和我们分享一下吗？"

往常，我会和他们分享依然驻扎在店里的流浪者老李、小陈，以及形形色色的各路怪咖。但那天，我鬼使神差地说，我分享一个在我们这里住了半年的孩子的故事吧，他是我开书店后的第一批客人之一。

是的，他就是杨东。转眼两年过去了，但我依然记得事情急转直下的那两天。

当晚，我气急败坏地找到了记者，她说自己已经去见过了杨东父亲，她将安排他们明天或后天见面。

我说："你有没有想过他们见面后，杨东的命运会是如何？"

她说："父子团聚啊。"

我说："如果杨东的家庭真的是像他说的那样，他很有可能会被囚禁在小黑屋，或者直接被押送回贵州乡下。父子团聚真的一定是圆满结局吗？"

她说："要知道，他爸爸已经找过他很多次，都以为杨东不在人世了。他们是在乎他的。"

"你把他送回去，他再跑出来怎么办？"

"那我就再报道！"

我当场在电话里咆哮起来，此处省略几百字。

最终，我泄气了，我答应让家长来领人。我不是他的监护人，没有权利阻拦他的父母。我只是要求杨东回去后，生活能得到相应部门的监管，保证他不再受到任何虐待。

挂了电话，我觉得自己很操蛋。什么时候变得这么自作多情了？

我只是替杨东感到难过，他刚刚来到一个自己喜欢的新环境，就像我小时候买到了一个垂涎已久的冰淇淋，还没来得及吃一口，就吧嗒一声掉到了地上。

我只能眼睁睁看着那个冰淇淋在地上化成了一摊水。是的，没过多久，杨东的爸爸就把他接了回去，回了贵州老家。

杨东终于不用再流浪，他从流浪回到了留守。他的爸爸和前妈依然在广州谋生。他的一个同父异母的哥哥在老家附近的镇上工作，兼顾照顾着他。

这就是这个故事的烂尾结局。年前，我说要送他一个新年礼物。大家叽叽喳喳挑了半天，有的说贵州冬天很冷吧，来广州那么久，可能适应不了，要不送个保温杯。有的说记得他爱看悬疑类的书，就送本《七宗罪》吧。

我已经学会了主动报销，并给他捎话：好好学习，以后欢迎来书店工作。不过最好快点长大，万一哪天书店倒闭了，我也只好去流浪了。

也许他会怀念那段广州流浪生涯中，最后也最长的栖息处吧？但我更希望，他已经淡忘了这一切。因为那就说明，他现在过着不错的生活，有了更多的人，愿意照顾他、关心他，让他能够像一个普通孩子一样，慢慢地、按部就班地成长。

一个人需要隐藏多少秘密，才可以巧妙度过一生？采访结束了，已经过了零点，夜幕之下，新的一天好像和多年前的任何一天没有什么不同。我还记得我曾经坐在这里，给了杨东五块钱，他一溜烟跑到门口，忽然又折返回来，唰地朝我弯腰鞠了一躬："谢谢老板，我会还你的！"

杨东啊，你欠我一块钱，你还记得吗？

书店天堂

张太

　　如果我不开书店，我恐怕不会知道在广州这个城市，还有个叫作红枫叶的书店存在，并且已经坚守了16年；如果我不知道红枫叶书店，我也不会与这次要写的主人公张太相识。

　　第一次知道红枫叶，是从1200bookshop一位名叫金凤的义工那里听说的。她说她之前是红枫叶书店的员工。这也让我知道了红枫叶是一家在广州经营了很久的独立书店，地址在广州购书中心的六楼。

其实在我刚开始做书店的时候，我并没有过多地关注广州本土的书店，尤其是传统老书店。在实体书店一片颓势的情况下，对我们而言，大部分既有书店并没有太大的参考价值。那时的我，常去的书店只有四五间，而我也一直在做我心目中的书店。

九月，当我在筹备五山店时，正值广州购书中心要转型升级装修，里面的一批私营书店都面临被迫迁出的命运。金凤忽然联系我，说红枫叶书店要结业，书柜可以免费赠送，也许我可以拉一些走。

我看了下图片，老旧的书柜跟我所想要打造的书店气质的违和感有点重，便婉言拒绝了。

没想到几天后，她直接打了电话过来，说如果再没有人接手这些书柜，它们会被物业当作垃圾处理。"难道书店是彻底关门，以后再也不会重新开张了吗？"她说是的，红枫叶不会存在了。红枫叶书店近年来经营状况不佳，再加上店主张良珠先生于8月突然辞世，目前处在无人接管、将要彻底关闭的状态。

我有点感慨，当即答应她过去看一下。

金凤跟张太约了第二天下午。我怀着复杂的心情来到购书中心六楼，只见满目的狼藉。一片人去楼空的凄落之间，大批工人蓄势待发，很快，这里就要成为满目疮痍的拆迁施工现场。红枫叶书店的玻璃门紧闭着，门上挂着今日休息的牌子。据说，这一年来，这个牌子大部分时间都挂在这里，上面留着一个手写的电话号码。

过了一会，张太出现了。作为一个经营了十六年书店店主的太太，我本以为她身上多少会有些书卷气，但眼前的她如果出现在人潮中，应该没有人会把她和书店或者书联系在一起。她看上去十分瘦弱，行走有点迟缓，浑身上下写满了现实生活的羁绊。满脸倦容让人可以轻易判断出她的日子过得颇为艰辛。当她低头俯身去开地锁的时候，我看到她一半的头发都已经花白。

她是专程过来开门的。开了门，就坐在门口的方凳上沉默不语。倒是金凤不停地说话，像个推销代言人一样，希望我把店内所有的物品都带走。我决定抬几个柜子回去，即便新筹备的书店内已经没有它们的容身之处。至于散落在店内诸如购书袋之类的物品，因为上面印着红枫叶的名称，我觉得不适合在新的书店用，便含蓄拒绝了。

整个过程中，我几次瞥到张太，她的眼睛不停环视着这个即将不复存在的书店，继而注视着几个物件，若有所思。我想，这是她在与过去告别的方式。

回去后的晚上，萧条的景象与张太的倦容频繁地浮现在我的脑海中，我开始去搜寻关于红枫叶书店，以及张先生的往事。

张先生原本是银行职员，1998年出来经营红枫叶书店。凭借着对书的热爱以及理想主义的情怀，几经坎坷，执着地经营了红枫叶16年。这期间，他事事亲力亲为，为红枫叶赢来了好口碑，很多读者成张先生的忠实顾客，书店也成读书人心中的优选。

张先生在经营书店方面得到社会的认可，但由于将精力过多地投入到工作之中，他无法分心照顾家庭，甚至不能在经济上提供支持。张太想必有着诸多怨气。虽然要靠自己去贴补家用，但她还是对丈夫的理想给予了尊重，

让他继续与书为伴。

上帝是不公平的。一个执着的理想主义者，一个兢兢业业的好人，却在中年就撒手人寰，留下无所依靠的妻女，这让人惋叹。我从一些悼文中了解到，将红枫叶继续经营下去是张先生的一个心愿。而作为刚刚踏入书店行业的后辈，我想自己可以尽一己之力，在一定程度上帮助张先生实现它。

于是，我做出一个决定，要让正在筹备的1200bookshop五山店成为红枫叶书店的传承者。

一夜辗转未眠。第二天一早，我就再次赶去购书中心六楼，担心去晚了，店内的物品会被拆装工人清空。赶到时，昨天因为货车太小而没有拉回去的两个书柜已经消失不见，但那些印有红枫叶的包装袋还在。我把它们收集起来，放入纸箱，想着哪怕未来只有这些书袋在世间流通，那也意味着红枫叶并没有彻底凋零。

离开前，我环顾空荡荡的书店，看见天花板上挂着几片红枫叶。我把它们取了下来，打算把它们裱入相框，挂在书店里，以作为对红枫叶书店的缅怀、对张先生的敬重，以及对他理想主义的传承。

我向张太透露，我愿意接纳张先生遗留下的所有图书。这些码洋将近10万的书，我甚至不清楚书目，只了解都是文学社科类。凭借张先生对图书的用心，我相信它们在品质上会有保证。我让张太开价，并表明自己不会再议价。张太应该没有料到我会有此举动，一时给不出价钱，说要跟亲戚商量一下。

隔天，张太的朋友传话来说图书可以七折售出。我一怔，因为无论图批市场和出版社的折扣都会低于七折，且可以退换。对方解释，张太家庭困难，张先生欠购书中心租金六万多，外面还有债务，房子已经抵押还债，目前家中只有三个女性，女儿刚上高一，希望能够帮他们家一把。

我说，出资人有很多，我需要对其他股东负责，要跟他们商议一下。然而，思索了一会之后，我并没有跟其他人商议，就自己替其他人做出了专制的决定：同意张太提的七折。我想好了"说辞"：温情是不打烊书店的经营理念，既然愿意参与其中，那在这点上所有人都应遵从。

关于细节的面谈，我们约在了1200bookshop体育东店。当张太看到眼前的书店呈现出的多元，以及不算少的客流量时，她抱怨先生当初偏执图书，抵触多元经营。当提到家庭困难，外债很多时，我说可以借助媒体的报道，向社会寻求些帮助。

她马上推辞，说担心记者上门，会干扰自己女儿的生活。

而且害怕一些债主知道她被施与帮助后，会登门讨债。她的眼神里流露出的惊慌与顾虑，让我赶紧否掉了这个提议。为了尽可能多地帮助张先生的家庭，我与她商议采用折中的方式，在新书店开业的头一个月，我们将展售红枫叶留下的图书，全价售出后，另外三成的利润也转交给她使用。

因为拖欠房租，库存的书被扣押在购书中心。当对方听闻这批占据仓储空间的书终于有人要了、且可以把租金收回来时，他们火速把书运到了书店。我现场完成了支付，其中九成多的钱作为房租直接转到了随行的某经理银行卡上。在处理掉所有物品后，只剩下了不到五千元进入张太口袋。送走那波人后，我问张太："购书中心既然知道你们的情况，难道就没有给减免一点点租金吗？"她耸耸肩，苦涩一笑。

张太临走前，告诉我，家里还有一些书店相关的物品，可以过来取。我按照她给的地址，走进一个估摸有三四十年楼龄的居民楼。张太的家装修质朴，但整洁有条理，客厅的墙壁上挂着张先生的黑白照，鬓发茂密，双目炯炯有神。张太并不避讳谈她去世的丈夫，说女儿小时候，书市尚没有现在这般低迷，她会跟随爸爸一起去拿货，因为这样可以坐出租车。更开心的，是每次张先生都会帮她买几本她喜欢的书。我问她："女儿在书店里度过了童年，留下很多的甜美的记忆，如果她以后想开书店，你会支持吗？"她无奈地摇了摇头。

书店运营一个月后，我将图书部分营业额的三成拿出来，按约定好的给了张太。我打电话说给她送过去，但在我正准备动身时，她忽然说要亲自带上女儿，当面登门感谢。隔天，母女二人出现在了书店门口，手中提了一袋橘子和两大串葡萄。我知道，这是不善言辞的张太用她淳朴的方式在表达感激之情。我没有推辞，当场把水果清洗了，摆在台面上，让她们和我一起品尝。她的小女儿今年刚读高中，略腼腆。张太告诉她："你老豆的书都在上面呢，你去瞧瞧吧。"看她走上楼，不知道她面对着那满墙的红枫叶印记，会是怎样的心情。

又一日，当我走进书店，意外看到张太也在。我以为有什么事情，她赶忙摇手回应说没事没事，只是路过来看一看，不妨碍我。我看到她走到二楼，端详着每一个带有红枫叶印记的书柜，用手轻抚着书架上曾经无数次经过她丈夫的手的图书。我顿时猜到这天是张先生的祭日，而这是张太表达思念的一种方式。

若天地有阴阳之界，那此时书店就是一条线。博尔

赫斯说过，书店就是天堂的模样。那我想，愿天堂就是书店的模样。如此，站立在书架前，就可以隔世猜想如今的张先生，正比其他人更幸福地生活在他喜爱的乐园之中。这样，张太也便可以心安一些了吧。

书店沙发客

阿光

「致一年前的自己」

一年半以前，也就是2013年5月26号，那时候大二下学期，应该是在校本部实习，那时我就一直有一个梦想，就对自己说："邹晨光，你也可以搭车环游中国的，你骨子里就是这么放荡不羁爱自由，在你的世界里，就没有什么办不到的事儿。"

然后就傻傻地在"哈尔滨贴吧"发了个帖子，寻思找个队友和我一起疯，我也记得好像跟我身边朋友说过，貌似被嘲讽了……贴吧一个朋友回复并加了我，两个人傻傻地聊了几句，因为行程不同，所以……后来不了了之，然后那一年的六月，我不小心做了手术，在家足足躺了三个月，因为刀口不小心被我弄开了……后来就去了北京实习，实习结束攒了一万块钱，对自己说："我要做的事情还没去做呢，把这钱全部花光了再工作……" 2014年的6月12日毕业，离开学校……至今2014年12月12日，已经出来六个月了。之前发的帖子，看着看着就笑了……家乡的父老乡亲，咱们过年见……

·

　　一进门，我就听到了一声"哥"，紧接着，一个约莫一米八的汉子从位子上腾地站起，蹿了过来。单是凭这一个"哥"字，就可以嗅出北方的味道。再听音调，一股东北那旮旯的浓郁风味顿时扑面而来。

　　眼前这个人，上身穿一件黑色棉织毛衣，下身穿一件洗得发白的牛仔裤，脖子上还戴着一串佛珠。我马上把他和放在墙角的65升大行囊联系在了一起，几天前店长就告诉我，我们收留了一个正在环游中国的男生，他已经在路上半年有余。果不其然，这小哥正是这几天住在书店沙发客房间的真正意义上的背包客，阿光。

一口东北话的阿光来自东北，但并非东三省人。东北地区除了东三省以外，其实还包含着内蒙古的赤峰、通辽、兴安盟和呼伦贝尔四个市。他的家乡正是呼伦贝尔，这个世界上最大的地级市，面积等于山东省和江苏省的总和。

然而因为太大，辖内世界最美丽的草原之一"呼伦贝尔大草原"，连他自己都没有去过。

更有趣的是，虽然环游了半个中国，他连自己家乡的省会城市呼和浩特都没去过。从呼伦贝尔到呼和浩特，坐火车要将近四十个小时。距离呼伦贝尔最近的省会城市，反倒是黑龙江的哈尔滨。阿光的大学时代，就在这个"仅需"十个小时车程的地方度过。

常年身处祖国高纬度地区的阿光，从小到大满眼都是北国风光。旅游卫视纪录片里的南方景色让他着迷。一直以来，这个东北汉子最想去的城市居然是杭州。"山外青山楼外楼，西

湖歌舞几时休。暖风吹得游人醉，直把杭州作汴州。"这首有着政治讽喻含义的诗，却被他解读出了一番荡漾的神韵。而白素贞的故事，更让他对西湖神往不已。

然而，当他查询完从哈尔滨开往杭州的火车票需要多少钱时，他选择了放弃。

后来，他看了刘畅的畅销书《搭车去柏林》，搭车环游中国的念头在他脑袋里萌生。如他开头信中所写，读大二时，他曾在贴吧上发帖寻求同伴一起搭车去杭州，很不幸，他的梦想再次未遂。

后来的后来，眼瞅着就要毕业，他觉得不能再等了，因为再等下去的话，就不会再有后来了。

2014年6月12号，从离开校门的那一刻起，他不是踏入职场，而是毅然背起行囊，投身于一场深度的毕业旅行。这场没有行程表没有时间表的征程，既是一个人的狂欢，也是与全世界为伴。

"如果你想去一个地方，全世界都会为你让路。"

· ·

　　阿光抬头看看天空，清晨鲜亮的阳光溢满四周，耀眼又不失温和。这是寻常的一天，看上去与每一日的阳光并无不同，但此时，阿光已经距离哈尔滨几百公里，他正坐在某个小县城收费站的椅子上，吃油条，喝豆浆。

　　此后半年，他以徒搭为主，走过的城市可以列一份长长的名单。北京、泰安、洛阳、西安，西南至云贵川12城，再南下到了湖北襄阳、武汉、荆州，湖南长沙、湘潭、郴州。广州，是目前他到过的最南的城市，在这里，他写了开头这段文字给一年前的自己。

　　一路走走停停，停停走走，就这么和杭州越来越远。他搭过警车、搭过林肯、搭过公务车。搭他的司机、在客栈做义工认识的趣人、为了赚取路费四处摆摊遇到的路人，他们的故事塞满了他那大大的背包。讲出来时，他自己会大笑，说到动情处，还会手舞足蹈，颇有草原汉子的遗风。看他如此能侃，店长即兴邀请他在五山店做深夜故事分享。当晚，我也凑了过来，一群陌生人围坐在一起，听他侃侃而谈，"在背包客的世界里，没有陌生人。"

　　· · ·

　　凭借侃大山的独门绝技，在很多个找不到地方住的夜晚，阿光换得了别人家的一张沙发。

　　云南丽江，他一待就是三个月，结交了各种各样的神人：写得一手好文章的收银员、跳poping的花甲老人、弹吉他唱民谣的店老板……还有老孙，一个有信仰的人，大理"沙子兰若"第五十位弟子，一本《妙法莲华经》记得滚瓜烂熟。某个阳光灿烂的午后，阿光正在丽江摆地摊，老孙往路边一蹲，一张口就说了一个下午。太阳下山，他还觉得不尽兴，死活要和阿光一起练摊。于是一个佛门中人，一个天涯旅人，在丽江大石桥旁边叮叮咚咚的手鼓声中，向来来往往的游客侃侃而谈西双版纳松石手链的神奇，语气中那股来到丽江不买一串手链简直白瞎的气势，让许多人稀里糊涂就付了钱。

　　为了这段他妈的缘分，阿光向老孙买了一串开光的佛珠，挂着它从丽江出发，用两天的时间，徒步6公里，搭8辆车，到达泸沽湖。中途天下起了雨，雨珠滑过玻璃窗留下一道道不均匀的线，而远处，雾气缭绕的山峰似乎是另一个尚未到达的彼岸。他想象在各种地方的雨：草原上的、海面上的、公路上

的、远方的。陡然，他觉得是时候告别了。

"有缘再会"，这是他一路上说得最多的一句话。他再次背上自己65L、重50斤的背包，走过泸沽湖、黔东南、荆州。来广州前，他联系了一个在华工读书的朋友，这是他在丽江客栈认识的同学，听他说在学校门口有一间书店，里面可以免费收留沙发客。于是，跨越千山万水，我们终于在这里遇见。

· · · ·

与阿光对谈，不需要事先准备问题，除去他能侃之外，背包客的身份也决定了我们和他之间，只是一个生命与另一个生命的相逢，没有主流与非主流，没有接纳与被接纳，也不存在着提问和回答的主动被动关系。

我们只是一起聊天，也跟他出摊。如同在丽江时，阿光并没有天天晒太阳逗哈士奇，他当义工，给客栈老板送货，摆摊。白天没事儿的时候，他依然会跑去周边的大学校园里卖西双版纳的手链。

他在自己地摊前面立了牌子，写着"大学生穷游中国"

几个大字，以及一张自叙帖"我是呼伦贝尔的，今年毕业就背着包到处走，已经六个月了，买个手链吧。好吧，不买也没关系，可以坐下来谈谈人生和理想或者世界和平。也可以听听我搭车旅行的故事，顺便给地摊招老板娘。"

几天前，一个女生嫌弃他那块牌子上的字丑得匪夷所思，死活要给他另作一幅。她唰唰唰画了一幅涂鸦，效果立竿见影，很快就有小姑娘跑过来看手链，他满脸笑容迎上去：整条街最便宜的了，西双版纳带过来的手链，只要20块一条，要不要看下。什么？有点贵，那拿吃的和微信号换也行……

这天已经临近年关，阿光即将踏上回乡之路。无可否认，背包客是潇洒的生活方式，但也辛苦。那个断了线的65升背包是阿光的全部身家，六个月中的每一天，都是50斤的重量。心里不是没有包袱，也并不是每一天都有沙发可以睡；风餐露宿，路边搭帐篷睡睡袋是家常便饭；他需要干活赚取路费，也不是每一天都很顺利。

没有谁知道将会发生什么，一如杰克·凯鲁亚克《在路上》的结尾："当太阳西沉，他坐在年久失修的破败河堤上，眺望新泽西上方辽阔无垠的天空。夜色即将降临，笼罩河川、山峰，最后将海岸遮掩，给大地带来安宁，向草原倾泻余晖。

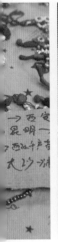

道路向着每一个远方延伸，没有到达的人们无不憧憬着它的富饶和神秘。"而对于阿光来说，到达远方，意味着回去的路也越长。

但那句话怎么说来着，"真正不羁的灵魂不会真的去计较什么，因为他们的内心深处有国王般的骄傲"。道路就是生活。就像这天，当夜色降临，阿光拍拍屁股准备收摊时，他被一个妹子拦住了，"哎，停停停，还记得我吗？""记得啊，刚给我画了涂鸦嘛。"

"那，我刚才买了杯奶茶，看你还在那里摆摊，就多买了一杯送你。嗯，拿去。哦，对了，你是我偶像。"

她说完便颠颠地跑了，留下阿光在寒风里面咧着嘴傻笑。

书店考研生

小婕

广州的十二月，虽然不算寒冬，但天气明显转凉。在书店内，居然有个姑娘每天只穿着短裤出没。

光着两条腿的人，总容易让人留意，更何况她常常和我打照面。只不过，与她目光交会时，我只是点头示意。

终于有一天，在见到她身上衣物覆盖面积达到七成以上后，我打破了沉默，感叹她终于穿上了长裤。她回应自己有大西北血统，所以不怕冻。然后马上转换话题，笑嘻嘻地说我的牙齿咬合错位严重，建议矫正。

我赶紧闭嘴，改用喉音发声，问她为什么视角如此独特？她笑嘻嘻地说，职业习惯。她举起手中正在看的书——《口腔颌外面科学》，光听名字就让人头晕目眩。她说自己学口腔医学专业，与陌生人第一次面对面交流，第一眼看到的从来都是对方的牙齿。只有与之熟悉后，才会把注意力转移。

我问她做个矫正要多少钱？她说，两年时间，一万块钱。我的天，原来做个牙齿矫正这么贵，远远超出了我的预期。

我不甘心，追问一句：假设所有人都没有做过牙齿矫正手术，那我在这人潮人海中，牙齿观感水平，能不能排在中游以上？当收到肯定的回答后，我当场放飞自我，大笑着露出两排处在矫正边缘的牙。

也就是那天，我得知这位姑娘叫小婕。在随后的日子里，每次碰到她，我都会聊上几句。如果她不主动提及，你大概丝毫察觉不到她身上西北的痕迹。她在西安生活十年，之后就随父母从中国最古老的大城市，一路向南来到中国最年轻的大城市——深圳。温热的海风，拂去了她儿时的灰黄尘沙，她成了十足的南方姑娘。即便西安被誉为最有历史底蕴的城市之一，生活在被扣着文化沙漠帽子的深圳，她却如鱼得水，乐不思陕。

居于深圳九年以后，她的常住地切换到广州。2009年，抖落高考浮尘，她被中山大学医学院录取。在南方的秋天还没到来前，她来到了这个比自己高中校园还要小的大学校园。这个围绕着一个足球场一片篮球场而兴建的学校，面积不大，名声却不小。其前身为创办于1866年立的博济医学堂、1908年春的广东光华医学堂以及次年春成立的广东公医学堂。这里出身的医科学生，往往都会成为各大医院抢手货。

作为一个在广州读书的深圳人，对她而言，她将来的就业城市只会考虑广州和深圳两个，没有第三者。然而，作为口腔专业的学生，仅有本科学位很难在大城市的三甲医院谋求到一席之地。不甘心屈身小医院的同学们在很早前就知道自己未来必须继续攻读研究生。但很遗憾，小婕大学五年的成绩并不足以保研，准备研究生考试期间，又因为要兼顾在光华口腔医院的实习，她没能投入足够多的精力与时间。

第一战战况不佳，但她没气馁。用她的话说，在第一次考研前，她就已经准备第二次了。她办理了暂缓就业，在她看来，这是唯一一条可行之路。第二年备战，复习的地点先是选在了以前学校的自修室。然而频频遇见相识的学弟学妹，让她每次都要寒暄解释，烦不胜烦。这时，她忽然想到了这个城市里的不打烊书店，那个曾经有过一面之缘的地方。

那是八月份的一个黎明前，一个燥热的夜晚。也许是要发泄一下心中的郁积，刚拿到新考研大纲的她和几个朋友去到旁边商场的KTV，歇斯底里到了凌晨四点。当她兴奋又疲倦地走出停止营业的KTV时，夜班车已经收工，而早班车的时间还未到。这座巨大城市的齿轮，和她的前途一样，还没有开始运转。在这段青黄不接的时间中，她忽然想起在正佳广场附近有一家24小时书店。于是这里，成了一场狂欢的终点。

如今，这里是她修行苦旅的起点。随后的两个月，她几乎每天雷打不动来打卡：通常她会在中午出现，直到临近凌晨一点，赶最后一班夜班公车回住处。她的桌面上从来都是一堆看着就让人牙齿发酸的书和资料，她俯首其中，苦乐自知。

她早就和这里的每一个店员相识并聊过天，那一阵，只要她端着杯子往前台边一站，店员就会给她倒上温开水。书店内设置的免费阅读区，让她拥有在图书馆公共自修区的独特感觉。除此之外，她可以识别出常常出没的同样"在路上"的战友：为了考MBA而潜心夜读的小哥、复习英语备战雅思的姑

娘、考体育专业研究生的小伙儿、考教师资格证的音乐系学生……他们从点头微笑到结伴而行，一起吃饭，一起分享经验，一起讨论书店内出现的怪人……一种醉卧沙场的豪情油然而生。

如果生活是一条线，那不打烊书店就是她线上的一个端点。作为最后一个与她交谈的"店员"，我发现她也并不是时时都像打了鸡血一样踌躇满志。夜深人静之时，她会告诉我，有时她会羡慕一些来自小城市的同学，他们能够退居二三线城市，轻易地在当地最好的医院就业。小城市医院的工资甚至高于大城市。这其实是医疗系统优于其他领域的地方，但她却无福消受。

我无言以对。不过很快，她又开心地说自己喜欢现在这个专业。虽然说如果读临床，只是凭借本科学位就可以进她心目中的医院。但她才不要，因为那样就要值夜班。

"再说，我的职业理想是让人漂亮，而不是健康。"说完，她再次盯着我的牙齿看，我赶紧闭嘴。

在所有这些为备考而奋战的人群中，小婕待在书店最久，也许是因为她把这里当作了一个暂时的"避风港"吧。但在广州这座有着两千多万人口的城市里，时间如同每个行色匆匆的

路人的步伐，不会为任何人停留。很快，研究生考试的日子到了。考前，她找到我，说自己住处离考点较远，是否可以住在书店沙发客房间？虽然房间已经被提前申请，但我们二话不说，帮她在员工休息室安排了一个床位。

两天后，考试结束，她来辞别。我问，你还会再经常来书店么？她说，会的会的，无论考没考上，她都要继续看书，因为为拿下医师资格证，需要新一轮的备战。

唉，又要考试。对于很多人而言，他们的奋斗史就是一

部考试史。不过，我也很欣慰，不打烊书店可以融入他们的奋斗史。

你问我小婕最后考没考上？生活是一条线，不打烊书店只是她线上的一个端点。生活还在继续，她的生命线应该已经延伸到了更远的地方。不管她去了哪里，"黄沙百战穿金甲，不破楼兰誓不还。"身为一个有大西北血统的人，我想她会如这句诗所写一样永远剽悍吧。

书店歌手

石头

Part A 二囍

广州有两块比较知名的石头，它们卧躺在珠江边。由目前
世界最著名的女建筑师扎哈·哈迪德主导设计的广州大剧院，
当初的方案概念就来自这两块被珠江冲刷而出的石头，所以建
筑造型夸张，甚至有些畸形。

我跟这两块石头倒是挺熟的，在我短暂的建筑师职业生涯里，有将近一年的时间是驻守在这个建筑的工地现场，负责给总工拎包，偶尔给民工指导。那会儿，它的名字还叫广州歌剧院。

不过，今天要说的珠江边上的石头，不是这两块，而是在珠江新城地铁口常驻的一位街头歌手，他叫石头。

在2014年的最后一天，石头是我们书店的歌手。那晚，我们决定张罗一个跨年音乐会，让1200bookshop变身为1200livehouse。我第一个想到的就是他，在朋友信飞介绍给我认识之前，我曾在地铁上见过他一次。

那是一天晚上，我搭上了一列末班地铁。在一群在夜色中赶着回家的面无表情的加班狗当中，有一个扛着吉他的男人，他旁边依偎着一个女生，两人有说有笑，脸上洋溢着的甜美，在一张张幽灵似的面庞中，鲜活得有点不太真实。

第二天，信飞带了一个朋友来书店，说可以请他做深夜故事分享的嘉宾。我一看，这不就是昨晚在地铁上见到的那位吉他小伙吗？鸭舌帽、络腮胡子，不修边幅，但很自然，和小年轻的耍酷不同。他说他叫石头，说话声音轻柔细腻。

我说，在分享深夜故事之前，不如先讲讲你们之间的故事。信飞说，好，我第一次遇见石头的时候，就觉得他不一样。

Part B 吴信飞

我是珠江新城的上班族，时常要加班的设计狗，偶尔也出去旅行的驴友。

街边的驻唱歌手，也不是没遇到过。比如以前一次出去玩，就在某座古城里遇到两位歌手。前一晚上，我听他们唱歌，觉得唱得很好，也很有亲和力。第二天早上又见到他们时，我放了十块钱，准备再听一会儿。抱着吉他的主唱用鼻孔看了我一眼，道："帅哥，你想听什么歌，自个儿点吧。"我说："你随便唱，我就随便听听。"其实我想说的是："我不想听了，能不能让我把钱拿回来？"不过，我没这样说，在路边坐下，抽了支烟就走了。

最近，珠江新城地铁站边也经常有一位歌手出没，他总是戴一顶鸭舌帽，总会在周末出现，有时候是周中的晚上。与古城歌手不同，他唱歌的时候一直保持微笑，并略带羞涩。如果出一点小差错，他会马上向在听他歌唱的人道一声抱歉，然后更专注地弹奏轻唱。如果城管来了，他就收好行头在边上耐心等着，因为晚一点，城管就下班了。

一天晚上，大约政府有什么重大活动，城管同志们忽然加班加点，石头没办法，在地铁口边上干等。我正好路过，因为没啥急事，就和他打了招呼，聊起了天。

他说他叫石头，因为欠了一屁股债，被迫走上街头。那时，他只会几首简单的歌，但迫于生计，只能硬着头皮唱。现在他还会坚持唱下去，没有太多原因，主要是自己喜欢这个生活状态。

其间，他拒绝过一些商演，去酒吧里唱过一两次。后来，再也不愿意去了。他和几个在街头认识的兄弟们组了一支乐队，反倒是每年的6月11日，会去参加一场校园演出，只为Beyond。

"做的是自己喜欢的事情，音乐会让我更加踏实。"

这种态度，让他在地铁口演出的时候，收获了很多人气。来来往往的人里，隔一会儿就有人和他招手微笑打招呼。也常常有小情侣过来，小伙子捧着麦，石头给他吉他伴奏，和他一起看着姑娘满脸幸福地笑。

他的粉丝也包括我。刚认识石头的时候，我刚来广州没多久。不得不说，在异乡忙活了一整天之后，坐在路边的花池边上听石头唱歌，是一种难以言喻的享受：

年月把拥有变作失去

疲倦的双眼带着期望

今天只有残留的躯壳

迎接光辉岁月

风雨中抱紧自由

一生经过彷徨的挣扎

自信可改变未来

问谁又能做到

没过多久，我的一位同事也成了石头的迷弟。一次夜里加班，我在楼上就听见了石头的歌声，我火速给同事发去信息：

"他来了。"

"等我！还有份表格没弄完。"

那天，我们工作效率出奇地高，没过一会儿，其他同事就见到我们俩冲下楼去的身影。

Part C 刘二囍

跨年夜，石头如期而至，他带上了整个乐队。

十点半，石头用激扬的声音拉开了音乐会的幕布。台上，是他的兄弟；台下，是那天在地铁上依偎在他身旁的姑娘。她在舞台后面的沙发上端坐着，静静地聆听，眼神始终不偏离，哪怕看到的只是石头的背影。

　　轮换休息时，石头会坐在她旁边聊上几句。她曾经也和信飞一样，是涌向珠江新城地铁站的成千上百的乘客之一。是音乐，让她从潮湿的黑色树枝上飞下，成为他独一无二的花朵。

　　临告别时，我问石头，这几天什么时候会再出来唱歌。石头说，过一阵。我明天要回湛江登记领证了，下周六晚上我们会在广州摆酒请朋友，你有空过来吗？

书店装修队

李工

前两天，有人给我捎话，说自己在家里搞了几瓶自酿酒，让我去感受下。对于酒，我没啥好感，但捎话人是李工，我觉得我必须去赴这个宴。

说到李工这个人，一种复杂的情感便油然而生。自从书店运营后，我其实并不想见到他。因为他一旦出现在书店，就意味着店里的零部件又出了毛病，不是马桶堵，就是水管漏，再不然，就是电线短路。

但另一个层面，我又挺想见到他的，毕竟一起经历了太多风尘，是老朋友了。

时间回到四年前，当我做第一个咖啡馆，也就是1930cafe的时候，经几道中间人介绍，来工地负责装修的就是李工。那会儿他只是个二把手，他上面还有一个工头，所以派他长期蹲守在我这个小工地。

第一次见面，我们只是甲方乙方的合作关系。出于礼貌，我客气地问他打哪儿来。他回答说他刚从韶关乡下出来，还没有太久。果然，没过多久，这个愣头青就给我捅了个大娄子。

装修期间，难免会搅扰到周边，被投诉是常事。无论物业、消防还是派出所，经常会出现呵斥几句。常规的套路是，他来我就停，他走我就动。可有一天，我忽然接到电话，说工人的工具不仅被城管收走，工人还和城管打了起来，连派出所都被惊动了。

妈的，捅这么大一个窟窿，万一被放上黑名单，这店还能开吗？我急忙赶到工地，怒气冲冲地找到他，骂他不懂变通，说要收工具就给他，收走可以找关系想办法要回来。你这样一闹，还要得回吗，能不停工吗？

他闷头不吭声，半天回应了我一句，工具是这帮工人吃饭的家伙，是他们的命。

呃，说得好像很有道理，我竟无言以对。

还好后来有其他朋友略显神通，化解了此事。顺利开业后，我请他在咖啡馆喝酒。过去的两个月，他终日驻扎在这七十平方米的空间里，蹲在水泥边吃盒饭，躺在砖头边睡午觉。我一心想着给他来点不同寻常的体验，以犒劳他在这里的辛劳。

然而，当他指挥一群工人把这个地方从一个尘土飞扬的工地变成充满情调的咖啡馆后，这位习惯了大支啤酒整瓶吹的哥们，面对着一杯鸡尾酒，浑身都不自在了起来。

那一瞬间，我觉得有点亏欠，来这里玩乐的所有人都不会比他更熟悉这里，但他却无法享受劳动成果。临别时，他说，工头在工资上太克扣，他准备单干，我以后要是有项目可以再喊上他。我满口应承，心想，如果我再开一间店，就再找他来负责，或许这是我弥补的一种方式。

没想到，我还真的很快就要张罗第二间店1980cafe了。第二次合作，跟上一次一样，他是施工方，我是甲方，身兼设计师，客串室内设计师。我们不得不保持高频对接，我还经常在现场做监工，以便随时纠错。对，是纠错，在室内设计上，我是业余，但李工在施工品质与图纸识别上是更业余的一个级别。上一间店的装修，就是个很好的例证。

自从店开张后，各种问题就层出不穷。譬如开关对灯源的控制乱七八糟，落地玻璃窗的密封玻璃胶不够严实，一下雨就渗水进室内。但每一次出问题，李工都在短时间内出现，售后服务态度倒是可以获得五星好评。就像一家咖啡馆，如果咖啡难喝，但店主态度不错，那以后还是有可能光顾的。倘若店主态度冷漠，那这间店基本可以被屏蔽了。这么一想，我也就没斤斤计较。

当然，我能成为李工的多次回头客，并不只是因为他的售后服务。第二次合作过程中，有商铺中介寻滋生事，索要双重中介费，以致与我发生肢体冲突。此时李工挺身而出，这让我觉得我们之间并不只是单纯的甲乙方合作关系。所以当第三家店，即22bookshop的前身22cafe要装修的时候，我再次给李工打了电话，他也很给力，中止了正在谈的一个工程，二话不说就带了工人过来。

这是我们的第三次合作，他把对我的称呼从刘工改成了囍哥，起初叫得我一愣一愣，毕竟他比我年长整整十岁。给钱的是大哥，这是江湖俗律，我让他改个称呼，他不肯。也罢，如今单干的他正在与这个赤裸的世界更加无缝对接，他的搭档换了人，眼前这一位，是他老家的邻居，曾经小时候在乡下老宅院里一起玩泥巴偷玉米的小伙伴。多年后，他们能来到大城市一起打拼淘金，还真不容易。因为彼此知根知底，他们在工作环境相对恶劣的情况下，依然恣意地开着对方的玩笑。

看到这场景，我更加放心。在开工前，我不会与他谈关于价格上的事情，因为我知道他不会乱来。他也熟知我的脾气，为了买到某一款我想要的地砖或者木板，他会带着我走去很多个不同的市场，反复比较。在他的引领下，我对分布在广州的各种建材市场了如指掌，买灯具、买木材、买五金锁件、买地板砖、买沙井盖、买二手破窗户旧门……每次一起去市场，李工都会第一时间选择坐在前面，下车前会主动付钱。起初我抗拒，但未遂，也只好作罢。羊毛出在羊身上，出租车费他自然会在装修费用里面找回来，但这种礼貌我表示还是很受用的。

热火朝天的施工没过多久，就在某一天忽看到李工意外地神色沉重。一问才知，邻居兄弟已经连续几天没有出现了。他说这个兄弟从乡下过来跟着自己一两年，起初什么都不懂，全靠他带他上了这条道，没想到现在他扔下他自己单飞了。这是李工在我面前流露出最难过情绪的一次，不是愤怒，是夹杂着难过的那种孤单，还有失望。想当初，他也是从别人手下跳出来单干，如今这种事情也发生在了他的身上。他似乎还有很多话要说，但是好像觉得并不能很好地表达自己的内心，最后摆摆手作罢。

人走了，工程还在继续，而且工期快要结束，木工泥工都已经退场，只有电工焊工油漆工在忙碌。刷油漆是个技术难度不大的活儿，但味道比较重，不便于白天操作。这天，在其他工人下班后，李工趁着天黑，关上门自顾自刷油漆，结果第二天就中毒躺倒了。问他干吗硬要自己上，他说，油漆白天刷会影响到别人做事，晚上赶进度的话工人需要加班费。加班费是平日工资的两倍，自己上的话，可以帮我省点开支。

呃，再次说得好像很有道理，我无言以对。事实上，一旦停工一天，浪费的租金就够付好几个人的加班费了。我只是实在不好意思向一个身心俱疲的病人施压。

想必你也看出，李工不是个聪明人，我们的合作进展到了第三次，但李工施工水准还是停留在之前的业余水平毫无长进。我也经常奚落他是整个施工队里面最笨的人，焊工泥工的智慧含量都在他之上。他只是协调各个工种，并干些没有技术含量的粗活。当要装修1200bookshop的时候，我曾经一度犹

豫。这次装修资金充足，其他几个合伙人也对他颇有非议。但最终，我鬼使神差还是选择了业余水准的他，说服我做出这个决定的理由是他这个人。我想，也恰是因为一些拙，我可以跟他保持长期的合作。倘若过于精明，那想必我们早已散伙了。

结果呢，你也猜到了，1200bookshop运营后，在装修上依然出了很多问题。店员一般直接打电话让他来上门维修，他也一般不会拖延。即便不开新店，我跟李工也时常打交道。我有个收破烂的习惯，譬如当我看到学校在处理一堆桌椅，哪怕不知道有什么用，我也会让李工来帮我弄到一个地方放起来。李工会马上帮我在城乡结合部租一个仓库，把这些东西存起来，根本不用谈价钱。看起来简单，但我知道这个事其实很麻烦，他要不帮我，我还真得费一番脑筋。后来，这些破桌子放在了书店里的免费阅读区，被肢解的凳子腿成了书店屋顶的天花格栅，烂讲台也变身为图书的展台。

是的，他的售后依然是五星好评，一些时候，如果他有其他工程做，来不及抽身过来，就会让他的双胞胎兄弟顶上。没错，现在，跟着他干的是他真正的兄弟，有时他们结伴而至，两个人戴着同款的帽子，留着同样的发型，穿着相似的衣服，经常让人神经错乱。

在我三十岁生日的时候，朋友找李工给我录了一段视频，他们也都知道李工对于我而言，已经不只是一个装修工人。而李工也经常在一些人面前，颇为得意地说，跟着囍哥干了那么多事，他已经能够懂得我想要什么，甚至可以猜到在设计上我要怎样出手。现在，有时他会自我揣摩，说这款灯囍哥会喜欢，那种颜色不是囍哥的风格，当他足够自信时，就会直接买回来。

然而，事实是，很多时候，我都会让他退回去，换货。

九二

书店高雄人

　　10月1号的深夜，我跟九二坐在书店门口的台阶上，夹着烟，拿着酒。不过这次并非例牌科罗娜，而是台湾啤酒。

　　我们谁都不曾料到，两年后的今天，我们会在这种场景中再次并肩而坐。两年前的那个夜晚，我们面对的不是深夜依旧人潮不息的闹市区大马路，而是被一望无垠的浩淼黑涛吞没的大海。繁星在黑幕上格外显眼，海风捎来海浪的声音，扑在裸露出的肌肤上，湿湿咸咸的，一只流浪的小黑狗趴在我们脚边，听我们热血却又平静的交谈。

那晚，我们是在高美湿地边。

2013年的10月1号，我背着十公斤的行囊出发，开始了一场冒险。那是徒步环岛台湾的第一天，由于过于乐观地估计了自己的体能，没有在出发前适度训练，这导致我上路半天后就脚筋受伤，后半天只能拄着登山杖一瘸一拐地缓行，最后只走到25公里开外的高美湿地。当晚，我临时决定夜宿在海边坝子上的凉亭里。正要铺开睡袋，准备小憩一会的时候，九二出现了。

他看到我脸书上的定位，加完班后，特地开车过来探望。虽然此处距市区仅仅半个小时的车程，但还是让我有了他乡遇故知的感觉。他带来了不仅有精神慰问，也有物质保障。从车里拿出一堆食物，并特别提醒面包是从全台湾最好的一家面包店买回来的。可惜作为第二天早餐的面包，在当晚就被黑压压的蚂蚁抢先一步。得知我腿脚受伤后，他带我去坝子后面的庙里求平安，并顺带向我普及了一些在台湾关于拜拜的基本常识。彼时，他是在台中某事务所的职员，主要负责家具设计，而我是东海大学建筑研究所在读的大陆学生。

九二，身高192cm，而192km刚好是台中到台北的公里数。他高大雄壮，是我目前遇到过的最名副其实的高雄人。东海建筑系是我们共同的经历，不少人以为我们是同学，然而并非如此。他是我研究所同学的本科同学，起初，我们应该只算是酒肉朋友。更多时候，是通过共同的朋友知晓对方，碰面只有过两次。一次是去Amanking的夜店觥筹交错。另一次在大肚山烧烤摊，俯望灯火通明台中城区，把酒言欢。但是，高美湿地之后，我对他的看法有了改观。觉得这是一个不止是寻欢作乐时同享，更愿意为你提供帮助的人。

他的确配得上我对他的全新认知。五天后，我在苗栗遭窃，行李尽失，落魄无助。他二话不说，驱车把我载回台中。在后续的环岛行程中，他也给了我持续性的帮助。在路过高雄时，当我婉拒住进他家后，他更是带着爸爸在我必经之处等候，非要请我吃顿饭，为我加油打气。在读研究所的两年里，帮助过我的台湾人有很多，九二无疑成为了值得铭记的一个。

环岛结束后，很快临近年末。在建筑系系馆的圣诞舞会上我们又见了面，虽然我是在读生，他已经毕业两年，但是显然在这里，他比我更有主人翁的感觉。很多人都会跟他打招呼问好，而我鲜有人问津。我们立在系馆庭院里，倚着栏杆有一搭没一搭的聊着，他把路过的老同学旧朋友拽过来引荐给我，

——跟我碰杯。没一会儿，舞池里开始迸发出倒数的声音，零点的钟声响起，我们一饮而尽杯中酒。我深知，在这个系馆，在这个学校，在这个岛屿，有着我很多美好的记忆，但是我终究会回归大陆，这里与这里的人最终都将成为过去，海峡两岸隔得远不止是距离。

回到大陆之后，平时我是不翻墙的。脸书上的好友，也基本都中断了联系。2014年10月去了台中一趟，我和九二碰了个面，加了微信，也才算再度开始了对彼此动态的了解。他说因为女朋友去了上海工作，所以现在微信成了他们的主要互动工具。第二年年初，不知是出于对工作现状的不满，还是苦于异地恋，他说想要来大陆发展。我猜，这明显是要奔去上海的节奏，先不说上海是台湾人最集聚的城市，单是女朋友这一项，就足以成为定海神针。

可是，他却来了广州。

店员打趣称我是那个阻碍他们团聚的妖僧，把他从女朋友那里截获到了广州。我知道，我是引力的一部分，但散发核心能量的必然是书店。我经常会在朋友圈发一下关于书店的情况，他一直在留意，这让他觉得做书店是一件非常有趣的事情，所以在筹备天河北店前，他提出想要参与进来。这让我略

感意外，但是必然持欢迎态度，只是担心他是否对书店持有过于美好的幻想，而且书店提供的薪酬有限，甚至要比之前的低出不少，所以我只是建议他来试试看。

来广州后的第二天，书店的装修工地就成为了他的办公场所，他的工友是我。可能同是出身建筑系的缘故，他和我一样，对建筑工地的一切表达出浓烈的兴趣。即便耳边是刺耳的电锯声，闻到的是刺鼻的油漆味，呼吸到的是大量的粉尘，我们都乐在其中。这次跟我之前装修的四个店不一样，那时我是在孤军奋战，而在天河北店，我多了一个玩伴。我们把工地作为游乐场，成了手工艺人，绞尽脑汁实现脑子里觉得好玩的想法。我们会在晚饭后很有默契地再次返回，尝试用砌块砖堆积出长长的展台，却又因为砖缝拼接的肌理不满意，而反复修改直到半夜；会为了让叠摆旧木箱子拥有更悦目的空间感，我们像回到了儿童时代摆积木一样，做不同的尝试，直到满意为止；他见到旧物件，会和我一样一片痴心，两眼放光。当我从街边捡了烂木板回来，却发现他已经从垃圾堆拾了几个破抽屉放到了工地，然后我们在一起动手把这些废品变相利用，赋予它们新生……

和九二并肩作战两个多月后，天河北店终于开业了。至

此，九二从一个完全不认识路的外乡人，到了认为广州和台湾其实没什么两样，除了讲的是粤语，以及大街上没有摩托车。而我则是有些疑虑，毕竟装修设计，是我们的专业领域。他表达出的兴趣与能力，让我觉得是合情合理。但是书店正式运营后，他是否还能有所发挥？是否还会留恋这里？

没想到的是，之后，九二一举从一个包工头，演变出了令人眼花缭乱的身份。

当我提出书店要增加绿植这一模块时，他说他当年填大学志愿时，在建筑系后就是园艺……于是，我们一起跑去芳村的花卉市场挖掘产品。

一些我不想或者不便去参加的会议，便让他顶替。他在社交方面展现出令我望尘莫及的能力：当读者有事情要咨询，我起初会担心他的身高会让对方有压迫感，但他常常用俯身蹲下的姿势去缓解，不知道暖化了多少少女心；在书店被CNN评为全球最酷书店这一消息广为人知后，外国读者越来越多。他成了定心丸，因为他是目前店里唯一可以在分享会上为国际嘉宾充当翻译的店员。

在图书方面，我们一直找不到合适的领队，都是我在硬顶着，当我把他推上前时，他再次释放出超于前人的能量。

自从中信后街店开了深夜食堂，他又成了大堂经理，穿着1200bookshop的工作围裙，站在食堂里招揽客人。一时间，他跑遍广州，寻找饺子供应商，张口闭口都是口味，"这一家重点是便宜，口味还行，速度快，免运费。那一家大葱牛肉，很有大草原的感觉……"

紧接着，他又开始张罗引入台湾各种资源，文创产品、台版书出版商……他一举谈下几个大单，客户居然都是年级较长的女性。由此，他荣获"贵妇杀手"光荣称号，在书店传为佳话。

见到眼前的这一切，我很欣喜。而这种喜，有三层含义。我欣喜遇到一个有能力的人，我欣喜这个有能力的人是自己的兄弟，我欣喜这个有能力的兄弟与自己一起并肩而战。

以上三种欣喜，排名由后到前。

而九二，也表示了他自己的欣喜。这来源于在他奇葩选择做了这么多，身份换了如此多个之后，他渐渐换来了家里人的认同。他的爹妈，在看了他转发的无数篇关于书店的文章之后，已经成功被洗脑，不仅会再次转发，还会主动跟别人讲：我儿子在广州一间24小时不打烊书店工作哦！

如今我们依然并肩作战，他称自己的角色是游击队员。每天他流窜于各店，看文创、图书和餐饮的数据，再看陈列。尽管天河北的绿植销售并不景气，但是我们经常可以看到一个一米九二的高大雄壮男人捏着一个小水壶，弯着腰给每一盆绿植浇水。尤其面对那些垂危的植物，他会加倍地细心，就像一个奶爸。

当我嘲笑他太过娘炮时，他说这不就是台湾特色么？我无言以对。

书店里的
老学霸

　　老学霸这个名字，不知是谁开始叫的，总之很快，这成为所有店员对他的特定称谓。

　　这是一位头发斑白的老人。第一次见到他，是暑假刚刚结束的时候。他坐在免费阅读区，埋头书堆，神情专注，不停做着笔记。围绕在他四周的是一堆板砖一样的语言类工具书，而且不止一个语种。

　　有时免费阅读区人满了，他就在书店的入口处席地而坐，旁若无人地用常人无法听懂的语言朗读。每一个从他旁边路过的人，都被这种不明觉厉的气势镇住了。于是，经常有朋友向我问及这位大爷，他们全都由衷地表达着钦佩之情。

　　我也一样，在多次见到他之后，我终于满怀敬意地上前询问英雄的出处。他说他从南京过来，之前从事英语翻译工作，最近在学习俄语、法语、意大利语、西班牙语。在听说广州新图书馆的藏书量很多，而在图书馆刚好有个24小时书店之后，他决定马上来广州。

　　在头发花白的年纪，出于对知识的渴望，对更多门语言能力的掌握，来一场说走就走的旅行——这是一个多么热血感人而且励志的故事啊！我恨不得当场给他鞠一躬，然后倒退三步离去。

　　更令人感动的是，这位大爷比年轻人还任性。只身来到广州，没有任何依靠，甚至连住的地方都没有。每天白天，他就在图书馆待着。到了晚上，就带着从图书馆借来的工具书到书店继续攻读，累了困了，就趴在桌面上入睡。一早醒来，又是新的一轮循环。由于没有住处，他无法洗澡，也几乎没带换洗衣服。很快，他身上异味越来越重，找我聊这位大爷的，全成

了投诉。

于是，我与他有了第二次交流。我小心翼翼地问：您学习这么多门外语，是准备做什么呢？他看着我，严肃地回答：我要对西方语种进行一次大的改革！面对如此宏大的理想，我这个凡夫俗子实在理解无能。对话没有进行下去，只是临走时，我安排他可以使用沙发客房间的淋浴洗澡，告诉他只要保持衣着卫生，不影响到别人，书店是欢迎他的。

如果你连基本生存问题都解决不了，即便你掌握了多门外语，又有什么意义呢？虽然在心里嘀咕了很久，虽然我领悟不到他学习的动机，但是他学习的精神确实让我觉得难能可贵，我觉得还是应该给予充分尊重。

如此相安无事地过了一段时间。一天，他找到我，说看到书店正在招聘员工，问我是否可以应聘，表示可以尝试去学习做咖啡。

我愣住了，老学霸不仅学习能力一流，还很有想象力啊！但是毫无疑问，他的气场实在和咖啡师相差甚远，而且培训他恐怕要花费诸多精力。不过他的提议倒是提醒了我，也许我可以给他提供一个职位，让他打打杂什么的。因为不止一次，我晚上去麦当劳，都看见他狼吞虎咽地吃着客人吃剩下的食物。

当我带着这个念头，征询店长意见的时候，万万没想到，遭到他严词反对。

店长告诉我，这位大爷说话缺乏基本礼貌，对待店员颐指气使，呼来唤去。一次晚上九点多，他去上洗手间，刚好一个义工小姑娘正在里面洗澡。她出来后，大爷上前劈头盖脸一番训斥，指责其不该在这个时间点洗澡，让他等这么长时间成何体统。对客人呢，他也毫不客气，一次一位坐在他对面的男生因为吃东西不小心噎住，不停地打嗝，大爷当场要把他轰出去。两人发生口角，差点动起手来。

我被这位大爷的"主人翁精神"再度刷新了三观，这次我找到他，告诉他在公众场合，这样的行为十分不妥，并直言如果再有这样的事情发生，这里将不再欢迎他。

他虚心接受了。但，事实证明，霸气终究会侧漏的。

没过多久，一次回到店里，正好撞见几个人围着显示器看监控回放。原来一位坐在大爷旁边的大姐，在离开座位一会后，回来发现自己的东西不见了。她怀疑是大爷所为，但他拒不承认，被对方扭住要看监控录像。

最后，在监控录像前，他无法抵赖。你问失物究竟是什么东西？原来是大姐的方便面，被大爷给干吃了……

饶是这样有失颜面，这位读书人依然嘴硬，狡黠地说，之所以一直不承认，是想测试下我们的摄像头。

唉，我顿时想起了孔乙己的话："窃书不能算偷……窃书！……读书人的事，能算偷吗？"

我摇摇头离开了，没有再跟他多说一句话，也没有赶他离开。

没想到很快，我们又第二次看了监控录像。又一日，老学霸忽然声称他在早上六点左右，把自己的几本书寄存到了前台，结果不见了。我们问他交给了谁，他支支吾吾说不清，而书店当日值班的店员均确认没有此事的发生。他很生气，要求看监控回放，被店员以无理取闹拒绝。但他坚持要看，说不然就报警。

当他盯着显示器左看右看了好半天，依旧没有发现他曾经把书交给了谁。最后，他叫来了警察。当警察叔叔意识到这是一个食不果腹的人举报书店侵吞他的书的"案件"之后，也是醉了。最后，我们就把整个监控视频拷给了民警，此事不了了之。

这已经是十二月，老学霸已经在书店待了将近四个月，很多读者都对这张面孔有了印象，经常会有人告诉我，在购书中

心、在肯德基、在哪哪哪遇见了他，他俨然成了移动招牌，也理应对书店有哪怕一点感情。他为什么要编造这起无中生有的事呢？他何以把收留他的人当作贼，而义愤填膺地选择报警？

这件事之后，老学霸不像之前那样每天都在书店了。我原以为这是他自知亏欠，没料到，我忽然接到了他的电话，他再次请求我帮他在书店安排个职位。我果断拒绝了，我说，趁过年，回南京吧，这样下去在广州不是办法，先好好找一份差事，填饱自己肚子再谈改革外语。

我以为他会跟我谈理想，谁知他开口找我借钱，说哪怕二十块也好，他现在身无分文，家里人没有一个人愿意给他钱。

我再次拒绝了，我说如果你之前的表现不是那么让我印象不佳，我一定会给你的。

说完，我挂掉了电话。

自此以后，我长久没看见老学霸。每每想到他，我会有一种复杂的心情涌上来。我不知道拒绝给他钱，是不是一个错误的决定。毕竟他只要二十块，"多乎哉，不多也。"

他果然再也没有来，像孔乙己一样从咸亨酒店消失了。

书店里的

罪与罚

　　离家出走的儿童、整晚都在边看报纸边剪指甲的大姐、彻夜学习外语的大爷、觉得自己身体有问题但是不想拖累家人的少女、像是在旅行但是一直未离开广州的背包客……总有人问我在24小时书店里过夜的都有什么人。他们似乎都很难被归纳总结，是这个城市的奇人异士。

　　最近，我又留意到一位四十岁的中年男子，经常在晚

上十一点左右，出现在体育东店的免费阅读区。他的衣服脏兮兮的，但也并没有异味。来多了自然面熟，但我也没主动过去搭话。这样的人在夜间其实不少，只要没有特别不正常，我都不会去过问，我希望24小时书店可以为夜晚无处可去的人提供一个容身处，无论阅不阅读，无论消不消费，只要不负面影响到其他人，书店都会为你在这个城市留一盏灯。

不过后来，我还是和他有了正面接触。因为一日我发现他正趴在一本书上酣睡，上面已经留下了一摊口水。我果断上去摇醒了他，他马上意识到自己的不妥，很有礼貌地说抱歉。

从那以后，每次见面，我们就不只是点头，开始说上话了。来的时候他会跟我问好，走的时候会说再见。

这样持续了好几个月。在天河北店开业后，我经常出现在那边，而他也转移了阵地。毕竟在新店夜间驻扎的人不如体育东店多，他可以拥有更自在更宽松的环境。

在新的环境里再度谋面，我们竟有了他乡遇故人的错觉。每次遇见，他脸上的笑容更热情洋溢了。即便在书店以外的街边相遇，他也是满脸笑容。我开始想是否可以让他帮忙留意下夜间出没的人，提防小偷小摸的人向客人下手。因为之前我们遇到过数次失窃事件。很多人来到书店，总会相对放松警戒心，尤其是深夜瞌睡打盹时，会常常把钱包与手机等贵重物品裸露在外，给一些为非作歹的人提供了更容易作案的机会。一段时间，丢手机、丢钱包的事频繁发生，即便报警，很多时候也石沉大海。

我尝试与他深入交流，问他在做什么工作，他说他从事医药贸易管理，晚上在书店加班。我看看他那皱皱巴巴、似乎好久不曾洗过的衣服，总觉得有蹊跷。不过，想到他近期多次提着一个笔记本电脑摆在自己面前，即便是个厚重的老款，我也姑且相信他是一份有工作的人，哪怕不是那么体面。

一日十点多，他像平常一样，提着自己的两包物品走进天河北店。那时我们正在书店的门口开团队会。开完会后，我们团队的一位成员发现，她装着Mac电脑的挎包不见了。

我们赶紧回放监控，发现被一个人趁机顺走，当看清楚画面时，我们惊呆了。那个人，竟然是那位每天深夜酣睡在这里，见到我笑容满面的客人。

我们每一个人都对这张脸有印象。而且，后来为了防止盗窃案再度发生，我们在派出所的建议下，对每晚逗留的顾客采用了登记制度。这个人早在记录之中，店员当即调出他的身份证登记信息，比对照片，确认无疑。

　　可想而知我们当时有多愤怒。一个一直被我们善待的人，却对我们释放出了这样的恶意。一个个人资料已经被登记的人，竟然可以在监控下明目张胆作奸犯科，这不仅是侮辱我们的摄像头像素，更是侮辱我们的智商、亵渎我们的温情。

　　我们当即决定报案，与此同时，提供了作案时的监控录像，以及犯罪嫌疑人的身份证信息。

　　之后，我一直在盼着失物会回来，但又有些不愿意面对这一天的到来。根据失窃财物的估价，我得知一旦获刑，他会面临两年的监禁，总觉得有些于心不忍。当我提出通过电话，与其协商处理的时候，被警方严词拒绝，他们说你这样会干扰我们的办案。

　　没过多久，在天河区图书馆，尚趴在阅读桌上酣睡的他被抓获。从警方那里，我了解到了更多他的信息。

他来自四川。在广州，他一直没有工作，也没有住处。白天他在外面晃悠，晚上就会来不打烊书店落脚。我们的书店成了他在广州最喜欢的地方，因为这里会一直对他敞开怀抱。

然而因为没有工作，他经济越来越窘迫，变卖掉自己唯一一件贵重物品，那台老式电脑后，他决定铤而走险。这是他第一次行窃，丢掉挎包以及里面的各种物品后，他尝试使用那台电脑，结果被警报声吓到——电脑被远程遥控锁住，他无法使用，最终拿它作为抵押，换了两千块钱。到被抓住时，都还没有花完。

他说当时作案，只是临时起意。自从窃取了电脑后，他不敢再前往书店，很多个夜晚他只能在城市里居无定所地游荡。审讯中，他从身上拿出包里的身份证，对警官说希望还给失主。

是，书店里有很多善与情，但同时也在上演着罪与罚。除去他，我们还曾在监控里看到，经常出现在店里的三位读者，在联手盗取了将近50本《孤独星球》后，再也没有出现。他们知道如何在我们最疏于防范的角落，带走这些价值最贵、最方便携带的书。

　　我们还曾在监控里看到，一个经常在书店待到天亮才走的年轻人，最后一次离开时，抱走了我们收银台前的募捐箱。尽管我们"别有用心"地拿钓鱼线把它拴在了摆放的椅子上，但这位年轻人娴熟地剪断了它。他知道里面已经装满了钱，这是为了救助流浪猫狗而设置的专项基金。

　　书店是一个温暖的空间，但并不是乌托邦。我一直不太愿意谈及这些，我不想因为一些人的恶行而给别人带来负面的想象。尽管凉意不时袭来，但如同陀思妥耶夫斯基在小说中所说，"凭良心行事，可以不惜流血。" 我想，善与情，终会支撑我们跨越罪与罚，成为继续走下去的动力。

书店里的听障员工

小燕

"广州是座热闹熙攘、匆匆忙忙的城市。在这座阅读城堡里，却极为安静。我们通过文字阅读，我们通过文字交流，我们通过文字彼此感知。能用这种最朴素的方式和大家交流，我很开心，我尽量不打扰每一位沉浸在书中的人。"

——小燕

　　写下这段话的，是1200bookshop的听障员工小燕。雇用听障人士做服务员，听起来是个稀罕事。不过，真要追溯，这还是一个挺漫长的故事。

　　先从四年前说起吧。

·

2012年的10月，我刚到台湾生活不久，因为之前从来没有在大陆以外生活的经历。一日在去高美湿地的路途上，我见到了让我惊讶的景象。

当晚我便回去写了一篇文章，这篇文章收录在《亚细亚的好孩子》一书中：

"在校门口，乘上了168路这部吉祥号的公交车，坐了数十个站到达了清水站，由于需要在这个中转站等待一个小时后的另一辆车，就地解散，稍后集中。我在这城市的外围开始闲转，这里没有繁华的店铺，没有精致的建筑，没有明亮的街道，像是大陆的小县城，却又是另一个版本。我在便利店买了瓶水，出来在门口休息区静坐，人来人往，三个人让我印象深刻。

第一个是一位身高一米四以下类侏儒的成年男性，他拿着一瓶饮料从店内出来，跨上机车离开。

第二个是一位眼神呆滞的残障大男孩，他拿着一瓶刚买的绿茶在我身后蹲了一会，把空瓶扔进垃圾桶后，推着自行车消失不见。

第三个是一位身形走样步伐异常的中年男子从一辆黑色轿车走出来，过了一会拿着两瓶纯净水回到驾驶位上扬长而去。

我确认这是三个在生理机能上不是正常的人，我叹息这个地方他们这样的人出现的频率如此之高，我更叹息他们虽然没有健全的身体在这个社会却可以像正常人一样活着。我现在居住的这里，那些不健全的人在享有尊严回避乞讨；而我曾经生活的那里，越来越多健全的人正在放弃尊严选择乞讨。

当时，我一度怀疑，是不是台湾的残障人士比例偏多，因为在大陆很难经常碰到这样的人。后来我知道自己错了，不是大陆没有残障人士，只是没有便利的配套设施和足够的就业平台，让他们出现在公众面前。他们只能宅在家，即便见到，也多是在天桥上和地下通道里。

在台湾随后的生活里，我经常会见到他们的出没。记得最开始，当我在麦当劳里被一个体形异常的店员服务后，我甚至心生埋怨。但是当我了解到这背后的良苦用心后，再也没有戴过任何有色的眼镜，每当与他们相遇时，我都会尽可能地给予微笑。

给弱势群体提供就业职位，让他们和普通人一样拥有自我价值实现的机会。这是台湾感动过我的地方，也算是台湾人情味的表现之一。所以当我有机会开办不打烊书店时，我一直强调书店不仅要有人文，更要有人情。只是彼时，我并没有认真想过请残障人士来当员工。

时间转眼到了2015年1月的一个深夜，我拎着相机在书店里转悠，准备采写"一人一事"。这是书店的一个保留节目，类似"人在纽约"，我们会随机采访书店的客人，请他们分享一段自己的人生故事。这一次，我坐到了两个女生面前。当我尝试与她们交流时，我发现她们根本听不到，也无法说话。

最终，我们用笔在纸上完成了那次交流。她们说从深圳过来，太晚了回不去，就来到书店过夜。其中一个告诉我，她刚刚辞掉了工作，因为老板克扣她的工资，她觉得受到不公平的对待，就辞职了。

最后，她说了一个心愿。她想开一间咖啡馆或者书店，招收听障人士作为店员，因为这样不仅可以解决自己就业难的问题，更可以帮助她的同伴获得工作，而书店或者咖啡馆这样的工作环境，是她们所向往的。

她的想法触动到了我。书店是一个节奏相对缓慢的安静场所，且顾客多数是友善的，这样的工作环境更容易让他们适应。而对书店而言，这也并没有任何不妥之处。

我开始觉得有这个可行性，但是，我并没有渠道去接触到这个群体，直到一次偶然机会，我去了芳村一间永生花作坊，里面的员工几乎全是听障人士。当我看到她们专注于自己手头的工作，即便她们听不到、说不出，但只是从相视时她们眼神中的微笑，我也可以感受到她们的快乐。这种微笑来自被认可，被尊重，被公正及友善地对待。

我马上和作坊的负责人聊起前几天在书店遇到的事情，并说，如果有可能，我愿意尝试在书店为听障人士提供工作。这个提议得到他们的支持，虽说过程有些曲折，但终究我们一起促成了这件事。

2015年年中，在1200bookshop天河北店开业时，两位听障的女生作为员工入职了。其中一位，就是开头的那位小燕。

· ·

小燕是在1岁时，因生病导致失聪失语。父母曾尝试让她进入一般学校上学，但最后以失败告终。无奈之下，她从小就转读离家很远的特殊学校。毕业包分配，她去了佛山科龙电子，工作是把出厂手机的玻璃屏幕擦干净。

重复性的劳动显然十分无聊，没过多久，小燕就辞职了。在走进1200bookshop之前，这个90后女孩像没头苍蝇一样乱打乱撞了好一阵。能为听障人士准备的工作并不多，她的朋友有的开微店、有的做设计，运气好可以做老师，她从来没想过自己有朝一日会成为书店的一员。

刚开始，她常常出差错。她的主要工作，是协助店员送餐、清洗餐具、巡视店内，帮助客人点单，清理桌面。虽然每一张桌子上都有"店内有听障服务员"的提示，但也并不是所有客人都有耐心写下完整的句子。句子少头尾，要花时间去猜，去进一步沟通。一天要洗成百上千个杯子、要接触非常多的陌生人，这对于一个刚踏入社会的女生来说，是很大的挑战。一开始她经常会忘事、会送错餐。

更何况，也不是所有客人都能够释放善意。一个深夜，一个喝醉酒的男子坐在消费区，一直对着前来帮忙点单的她喋喋不休，不肯写字交流。他坚决不信她是听障人士，要求她出示残疾人证明。最后，是店长跑来赶走了这个醉鬼，她对沮丧又愤怒的小燕说，做好你自己就行。

如今，将近两年过去。小燕与其他听障员工，已经能与顾客顺畅地交流。虽然要通过在纸上写字来完成，效率可能会降低，但大家给予了她们足够的耐心与关爱。我想这和她们工作勤奋用心是分不开的。比如小燕教会了店员手语，她准备好交流卡，必要时直接拿给客人看，方便下单。她会读《微表情，读心术》，学习察言观色。看到别人皱眉头，就重新去做；偶尔做错事，她会吐吐舌头，写下"我有时候会忘记，希望你能提醒我"。她能观察到别人无法留意到的一面,这让她和大家相处十分融洽,所有人都记住了她的标志性笑容——眉眼弯弯,喜欢嘟嘴。

在我们所有人眼里,她和任何一个90后女孩没什么不同,喜欢东野圭吾的《解忧杂货店》,也读凯鲁亚克的《在路上》,向往着有朝一日,能看看外面的世界;会为有稳定的工作而知足,也有小小野心,希望获得职业的晋升机会;会因为妈妈催她谈恋爱而着急,也会为她身体不好而焦虑;她也想偶尔小小放纵,看夜场电影。只是,下班已经很晚,她住在岑村,一直没找到时间去。

· · ·

当书店招募听障服务员的消息不胫而走,一些听障人士纷纷主动过来应聘。如今,1200bookshop四家书店都雇用了听障人士作为服务员。

给她们提供工作机会,我把这当作是举手之劳。事实上,书店并没有为此牺牲什么。坦诚地说,如果为此付出过大代

价，我应该不会去做这样的事情，但是如果付出的只是一点点，却能给对方带来很多益处，我会愿意去做这样的事。

就像你愿意扶一个老人过马路，虽然浪费了你两分钟，但是无论是你、老人还是看到你的人，都会感到开心。就像你愿意提供一张沙发给囊中羞涩的背包客，虽然会让你有接待上的烦琐，但是你会收获陌生人的友谊，以及故事。也像你愿意将旧衣物拿给街边受冻的流浪汉，虽然你会花时间整理、清洗，但是你温暖了别人，自己也会感同身受。

这些都是我所理解的举手之劳，跟我在书店所做的事情是一样的道理。很多人因为书店为他人提供了善意与温情，而错误地把我定位为好人。被推上道德的高点，让我难以适从，并感到难为情。事实上，我是一个做过一些好事，也干过很多坏事的人；是一个愿意收养一条流浪狗养在书店、也能动手暴力赶走一些客人的人；是一个既能写暖文也能写黄诗的人。

说得有点远了。在去年书店的年会上，员工人数比上一年增添了不少，熙熙攘攘的，很热闹。让我有些遗憾的是，听障服务员还是不能完全融入，她们要靠身边的同事通过手写板直播，但很显然，写字的速度跟不上大家欢声快语的节奏，所以很多时候她们只能看热闹。

　　我觉得有点抱歉，还好，后来在大家匿名投票，选出年度优秀员工的环节上，小燕一举摘得了桂冠。

　　我给她颁奖、发了红包，并问她的理想。她说一个是周游世界，去看海。另一个，就是也开一家书店，还要养一只像店里拿铁一样的小狗，书架上摆满自己爱看的书。

　　"如果你能听到别人说话，你要做的第一件事是什么？"

　　她说是打电话——

　　"我会打给爸爸妈妈，告诉他们，我能听见你们的声音了。"

一对在书店通宵
看书一年的夫妇

当一个人不能拥有的时候，他唯一能做的便是不要忘记
——普鲁斯特

凌晨一点多，我惊讶地发现，一位每天坐在免费阅读区的大姐，桌子上居然有一杯奶茶。

这位大姐，最近一年每天夜间都会出现在书店，但是从未消费过。问询店员后方知，今天她在洗手间捡了一部手机，主动交给了书店前台。遗落它的客人为了表达感激之情，请她喝了一杯饮料。面对感激涕零的失主，大姐说：不客气，自己能理解丢手机的感受，所以一定会还回去……

没错，半年前，大姐的手机曾在书店被偷，当时她情绪很糟糕，坚称是坐她旁边的一位男生窃取的。两个人发生争执，场面一度失控。之后通过看录像回放，证明那个男生是清白的，此事便不了了之。

在书店连续通宵快一年的，其实不只这位大姐，门旁位子上还坐着一位大哥，是她的老公，每天都陪她出现在书店。

在此之前，我从来没有与他们交谈过。这次，我主动跟大哥打了个招呼，以表谢意。大哥更主动，放下手头的《资治通鉴》，热情起身寒暄。于是，我们走向书店门口，在凌晨两点的夜色下聊起了天。

他率先掏出了中南海，我们各自点燃一根后，孤寂的夜终于眨起了眼睛。通常抽中南海的是北方人，当我询问时，大哥马上掏出了身份证，出生年份显示为1962年，户籍所在地为广州三元里，他竟是地地道道的广州"原住民"。

遥想大哥还是个小哥时，正值改革开放热火朝天，霹雳舞喇叭裤盛行的年代。彼时的大哥，在三元里自家门口开了一间发廊，他二十出头，是时尚潮流达人。彼时的大姐，是落落大方的十七八岁姑娘，家在越秀，在三元里读书。大哥的发廊刚好就在学校旁，于是成为大姐经常剪头发的地方。一来二去，两人熟识起来，没多久，这位身处校园的少女就在潮人的攻势下，放弃了抵抗。毕业后，大姐顺理成章地成了发廊的女主人。

城市化快速发展，这个时代从没有停下它的脚步。三元里现在已经成了城中村，但靠着出租村里的几处房子，这个家庭依然是富足的。

然而，就在几年前，大姐出现了一种奇怪的症状，一到晚上，就彻夜难安。四处投医，花去了很多医药费，均无良方，整个家庭陷入无奈。由于夜间在家过于心躁，大哥就时常会带着大姐在外面走动。有一天，他们循着不打烊书店的新闻报道来到了1200bookshop，用大哥的话说，这几年来，书店是唯一一个能够让太太在夜间感到心安的地方。

从那以后，无论是刮风下雨，还是酷暑严寒，他们都会来书店待着。每天晚上，他们通常会在11点、12点左右来到这里，通宵到早上九十点钟离开，喝早茶到中午，然后下午去其他地方转转，回家简单收拾一下，再回到书店。书店虽然能让大姐心安，但是阅读也并不能贯穿整个漫长的夜晚。她经常带着一份报纸，翻完后，会把报纸摊铺在桌面上，剪指甲，或

者剪手皮。他说，这些不合常理的枯燥举动，都是在与心病抗争。

我问大哥，在书店，你们经常是分开坐的，很少见到你们交谈，你们为何不说话？他说，他们几乎一天24小时都在一起，很多话在来书店之前就都说完了。他能够做到的，是当她想找他说话时，可以马上找到。所以他要一直在她身旁待着。比如去洗手间时，他会一路护送，然后在门口候着。

说到这里时，我们已经抽了五根烟。我凝视着眼前这个为了陪伴被病痛困住的太太，放弃生意、牺牲身体、彻底改变自己作息的人，他布满血丝的眼睛里释放着沉重的倦意，我直言相问：你完全有足够理由不这样每天守着太太在这里通宵的，没有其他的方式了吗？

"因为她是我的老婆啊，我觉得我必须这样做。"

刚开始，我还想着如何措辞安慰。听完这些，我觉得根本无须安慰。而且，他反倒安慰我似的说：两个人前半生没有怎么受过苦，虽然之前治病花去了很多钱，自己发廊的生意也停掉了，但是出租屋这边还可以有经济来源，也不至于很窘迫。

"或者这是命运吧，老天让你遭点难，让人生更公平些。"

夜间过滤了白天的纷繁嘈杂，把每一个睡不着、没地儿睡的人的世界呈现得更真实，真实得有些不真实。事实上，病人何止大姐一人，白天我们都是戴着假面的舞者，夜间很多人都是孤寂的困兽。

在太多老婆可以轻易切换成前妻的今天，我已经好久没有感受到"老婆"这个词语如此有力了。临走时，我指着躺在隔壁沙发入睡的一个年轻姑娘告诉他：

"这个女生前段时间创业破产后，老公选择跟她离婚，现在她连住处都没有，只能每天睡在书店。"

书店流浪狗

拿铁

每当我牵着拿铁在街边方圆几里遛弯的时候，总有人喜盈盈地上来打招呼，你是1200bookshop的人吧？

一开始我还会以为对方认出我，心中略有走红的窃喜和担忧，这时我往往会听到一句话：

我认得这只狗，它叫拿铁是吧……

如今，我已经学会不再自作多情，并主动帮对方和拿铁拍合照。

拿铁就是书店的宠物狗，比我还红的网红。

大概是在2015年的3月，一天晚上我做了个梦，梦见自己养了一条狗。第二天在微信朋友圈，就见到有个女生发消息说，在路边见到一个小狗，自己不方便，希望可以得到收养。

养一只狗，其实需要很多心理准备。可是基于这个梦境，我几乎没有犹豫，感性与冲动促使我马上应诺，然而也迟了。她说已经有另一个男生把狗带回家了。

妈的，梦都是骗人的。

谁知两天后，那个朋友又联系到了我，问我还要不要收养？因为之前那个男生把狗又送回来了。

原来这只孱弱的小狗，频繁随地拉稀屎，他已经无暇照顾好它。她让我考虑清楚，如果决定收养的话，就不能再退回来了。

从抢手货到瑕疵品，这让我犹豫了。因为，我考虑把狗养在书店，照看它的人将会是店员，我需要询问下他们的意见，不会添很多麻烦。

所幸，他们支持我。于是，我把这只刚出生一个月左右，病恹恹的小母狗，带到了开在我母校门口的那间书店——1200bookshop五山店。

　　来了新成员，大家都很欢喜，第一件事就是要帮它取名字。当时书店的整个团队都在那边，一群年轻人围在一起，七嘴八舌出主意，却没有一个好名字出现。就在快要被我强制命名为二狗的时候，一位叫阿凯的小伙伴忽然说，你看它缩成一团时，俯看多像一杯拿铁啊。

　　于是，它就叫拿铁。

　　拿铁出现后，阿凯对它照顾有加，帮它洗澡、喂它吃药、逗它玩耍。正是在这样的悉心调教下，拿铁摆脱了肠胃的疾病，恢复健康，并且学会不在书店室内大小便。

　　那时，阿凯在五山店上夜班。夜深人静，他们俩就并排坐在书店门口的台阶上，相互陪伴，一起度过了很多个不眠的夜晚。

　　如果说陪伴是最长情的告白，那这会儿的阿凯，已经不是干爹，而是拿铁的长线情人了。

　　五山店在2015年10月结业关闭，拿铁只能挪窝到到天河北店。它的生活环境从街铺变成了商场，人流量更大，人群也更多元。开始，我们很担心它适应不了新环境，给整个商场造成干扰。但后来证明，这种担心是多余的。可能从小就习惯了生活在公共场合，长大后遇到生人，不惊慌，也不吠叫。它从来没有在商场内部大小便过，也从来没有惊扰过读者。

虽然是一条土狗，它却懂得优雅。店里人多时，它就安静地待在角落，看人来人往；人少时，它会在书店内缓缓走动，像主人一样巡视；它会跟每一个逗它的人玩耍。有时它趴在大门入口处小憩，有相熟的面孔路过，它还会起身摇摇尾巴示好，甚至会送行一段路。

很快地，拿铁在书店的窝就成了观光景点。很多人给它拍照，逗它玩，送它新玩具、新衣服、新零食。更有一些人，会在下班后特地来书店，牵着它出去遛弯。每一个书店店员都会被它俘获。以致有许多员工即使离职之后，也依旧经常出现在书店，不为其他，只为拿铁是所有人遗留在书店的最大牵挂。

拿铁的众多铁粉中，有一个女生，经常出现在书店逗它玩。她说她很喜欢狗，但是妈妈对狗毛过敏，不让在家里养，当她在自己家楼下的不打烊书店见到拿铁后，简直是心花怒放。

于是，拿铁成了她的宠物，书店也成了她的第二个家，以及媒人——因为突然有一天，我遇到已经离职挺久的阿凯与这位女生手牵着手在遛狗，才惊觉两个单身狗，已经因为一条狗而悄无声息地牵了手。

　　而我呢，则成了一个不负责任的主人。自从拿铁成了公众宠物，早已衣食无忧，洗澡吃饭遛弯都有人代劳。我并不会经常待在同一个书店，于是只是隔三岔五过去调戏下它，很少为它做些什么。然而，让我庆幸的是，它并没有因此而对我冷淡，每次只要我一出现，它都会雀跃而起，听从我的号令，把我当作第一主人。它一定是铭记着我的救命之恩吧。

　　所以，每当我压力较大情绪不好，或者不知道去哪里时，我就会过去天河北店，跟拿铁玩简单粗暴的赛跑和捉迷藏游戏，对它说一些有的没的的话。在我看来，它是店狗，是吉祥物，更是我的一剂药，一个朋友。

住在不打烊书店里的流浪汉

一大早，我就被一连串信息声吵醒，"囍哥，我是陈舒，我在北京出了点麻烦……"

我赶紧回了个电话过去，原来他在北京做群众演员，结果干了几天后，因为对方不支付工钱，较真的他跟人家撕了起来。这事我真的不知道如何帮，只好安抚他别太冲动。

我们上一次的通话，还是半年前的1月28号，那天刚好是春节。当时我不在广州，而他刚刚在

　　1200bookshop度过了跨年夜。他跟我说，终究还是会离开书店，开始下一段旅程。他特意把辞别的时间选在了新年第一天，赋予了它隆重的仪式感。

　　陈舒是住书店里的流浪汉，他对"流浪"这个词毫不避讳。在他眼中，流浪是他选择的一种生活方式。

·

　　书店有着形形色色的人，尤其在深夜，不乏因窘迫困顿，
居无定所而在这短期落脚的人。久而久之，我对他们的存在，
已经习以为常。他们每天都穿着同一件衣裳、每天都会在固定
的角落出现；他们通常比较沉默，不愿与他人交往，生怕自己

的伤口被别人发现。

可陈舒不一样。

他也每天穿着同一件衣服，脚边放着一个大大的黑色行囊。不同的是：在深夜故事分享活动前后，他会主动帮忙摆放凳子，或者勤快地把投影仪归位。

这让我对他产生了好奇。在一次分享会结束后，大概凌晨三点的样子，我看他坐在书店门口的台阶上，就走过去，坐下和他搭话。

当我问到他为何每晚都待在书店过夜时，他干脆利落地回答：我在流浪，流浪是我的一个梦。

这个回答让我一惊。我曾经也有一个流浪梦，所以我才能背起行囊，蓬头垢面居无定所地沿着台湾海岸线走了一圈。流浪在我看来，是一种具有江湖气息、带着理想主义色彩的行为。只是在都市里，流浪很容易被赋予消极负面的色彩，似乎只有loser才会生活艰辛，流离失所。

陈舒说自己七月份就开始了这种无业游民的生活。十一月份，天气转凉，他想要去个暖和的地方过冬，就来到了广州。他故意让自己每天都闲着，"因为忙碌的工作会很容易让自己忘记一个人，我选择流浪，是为了记住她。"这是他对为何选

择流浪的回答，也是我听过的最深情的一句话。

　　说这话时，我见他手里拎着一袋刚从街对面买回来的小笼包，叮嘱他赶紧吃吧，一会儿就凉了。我看他吃了两个后，站起来径直走向路边的垃圾桶，把剩下的包子递给了正在垃圾桶里搜寻食物的一个女生。

　　他说他刚刚已经吃过了一袋，这一袋是打包过来的，她应该比自己更饿。

　　我为认识到这样一位真性情的朋友而感到高兴，正打算起身进书店拿两支啤酒出来，却见他从背包里掏出一瓶随身携带的牛栏山二锅头。于是在入秋的广州，我坐在马路边，对着这个城市的夜，倾听这位24岁年轻人的星辰与大海。

· ·

　　从福建出发后，陈舒的第一站是绍兴，理由是景仰鲁迅，要去他的故乡膜拜。离开绍兴时，起程时怀揣的500块钱已经几近用光，但这并没有阻碍他走下去。这一路上，他已经从其他流浪汉那里积攒到了经验，譬如在麦当劳，可以很容易得到别人吃剩下的鸡块、可乐与薯条。他总结出两类人群特别值得关注：其一是情侣，吃不完不好意思打包带走；其二是穿着精致的女上班族，虽然吃得慢，但为了形象，不愿沾手，薯条总是剩很多。以至于"有一段时间吃了大量薯条，都吃胖了"。

麦当劳可以解决食宿问题，如果需要些零花钱，那就去机场。安检回收处有大量客人丢弃的打火机，拿去航班到达口倒卖，收益有时挺乐观。靠着这些生存技巧，加上见缝插针地逃票，他逛完浙江一带，又去了云南大理、丽江、香格里拉，再去三亚和桂林。来广州前，因为喜欢看书，他特地在网上搜了广州的书店，发现有个可以过夜的书店，从火车站出来后，他就直奔到广州的1200bookshop。

把最后一点壶底酒干完后，微醺的我抹抹嘴巴告诉他：晚几天，我帮你介绍一位大哥，一起喝酒，他可是你的前辈。

• • •

相比起陈舒的短暂流浪生涯，大哥绝对算得上前辈。当陈舒走进1200bookshop时，来自台湾的李大哥在广州已经漂泊十五年，光是在书店就差不多住了两年。他知道广州24小时麦当劳的分布情况，以及哪几间睡起来最舒服；他知道冬天时去哪里洗热水澡，以及某某医院的后勤处有洗衣机可以免费洗衣服，而且可以晾晒；他知道哪些天桥下可以方便睡觉，以及自己的老朋友都睡在哪些街角。他是一个每天使用古龙水的流浪汉，活得比很多人都体面。

一个周末的晚上，我带着陈舒来到天河北店，这是大哥的长期据点，书店角落里的一张沙发就是他在这个城市里固定的床。大哥特地去买了一瓶杜松子酒，我们在门口的一张桌坐下。这两位都属鸡，60岁的大哥，比陈舒大了整整三轮。相同的经历消灭了年龄的差距，他们两个很快成了忘年交。

只是，说好的不醉不归被大哥叫停，因为忽然想起第二天要早起，去美院当写生模特。这是他最喜欢的工作，一天六个钟头，只是坐着就可以有上百元收入。大哥向陈舒强力安利这个工作，但被拒绝，理由是"脾气暴躁，坐那么长时间受不了"。大哥给自己找个台阶下，说：也罢也罢，做模特一定要沧桑，皱纹越多越好，陈舒只符合第一项。

在大哥具备的各项超强谋生技能中，做写生模特只是最近这些年新增的业务。早些年，他在广州火车东站当过拉客仔，

用过去工作中学会的英语，给来参加广交会的外国人介绍酒店，曾经一度收入颇丰。

两个背景、性格迥异的人，就这么相遇了。不过即便同是流浪，侧重也有所不同，陈舒早上去方圆大厦那边小巷里买两个包子，"一块五一个，个头很大"；不吃午餐，晚上去沃尔玛买一份3块钱的盒饭，"饭很多，打饭的还会多给我一点菜。"

李大哥呢，"早上吃皮蛋瘦肉粥、鸡蛋、猪肠粉，拿回麦当劳吃，休息一下，睡个回笼觉。麦当劳数宝业路那家最有格调；当然，我还是比较喜欢在肯德基，quiet。"他说他之所以来到书店，是因为大学学新闻，喜欢看报纸，曾看到《南方都市报》对书店的报道，原因，依然是"格调"。

很快，临近年尾，书店会举办跨年音乐会，我邀请了他们一起参加。这两位流浪汉，在书店内和一群热血文艺青年，一起走进了2017年。音乐会后，意犹未尽，大家约定一起去珠江看日出。我们聊到天快亮，七八十人浩浩荡荡从书店走上猎德大桥。两位流浪汉和每个人一样，对着新年的第一缕阳光喊出了自己的新年愿望。

那天之后，他们开始走进公众视野，很多书店里的客人都成了他们俩的朋友。越来越多的人想知道他们的故事，于是，我邀请他们两个在书店做场讲座。

书店的第101场深夜故事分享会在凌晨十二点准时开始，那一天来了很多听众，书店被塞得满满的。他们都不曾想过，可以在一间书店内，听两个流浪汉讲各自的故事。活动结束后，不少听众依旧兴致不减，一群人喊上二位，决定去消夜，继续听他们的故事。

消夜的地点，是7-eleven门口的马路牙子上。那会儿已经凌晨三点多，陈舒进去买了几个茶叶蛋，大哥买回一瓶杜松子酒，几口下肚，掏出手机，说，放点音乐。

第一首，是Yesterday When I was Young，这首老歌导致画风突变，由此奠定这天的后半段基调，使得我们得以翻阅很多他们来书店之前的前尘往事。

. . . .

陈舒出生在福建宁德乡村的农民家庭，直到高中，走在路上听到的歌只有周杰伦。他到2010年才接触网络，在那之前，他是学霸，一心只读圣贤书，相信外面的世界和书里写的一样美好。那时他无数次幻想自己未来的生活，是到一个有海有树有篮球场的城市，在一家咖啡厅里工作。晚上在大街上走，会有奇遇，碰到某个女孩，跟她表白，在一起，然后生活下去。

在没过多久的一个秋末，他就碰到了那个心目中的女孩，她穿着像校服一样绿色的衣服、白色的鞋子，完全不同于那些向他有意借笔记抄的女生，她满身都是文身，夜不归宿去网吧。

那时，他读高中，她读初一，在同一所学校。从那以后，学霸开始逃课，跑去操场看她上体育课，周五在车站目送她回家。周日早上七点起来，买两个面包和四五瓶水，走一天，几十公里到她家，再送她回来。如此直至高中毕业，他跟着她，不是没有机会向她表白，但他始终不敢跟她说话。

高中毕业，他再也没见到她。工作之后，他受不了没有她的日子，就出来流浪。流浪，是他选择记住她的方式。如此说来，坐在旁边的李大哥，简直是他的反义词。

像陈舒那么大时，李大哥已经"一年换24个老板"，到处飘，到处玩。投资写字楼、做电脑主板生意……开KTV，他亲自打广告：不定时、不定期的惊喜。

他出生在阿里山脚下，是独生子。父母忙水果生意，从来不管他。从小学五年级爷爷去世，家里就只剩他自己。他可以两个月看70多部电影；晚上不睡觉，读法国存在主义哲学、大英百科全书，拿着日本进口的收音机听International Community Radio Taipei里的英文歌……他不爱念书，做事没有长性，只是凭借超强的记忆力，碰上感兴趣的事，总能玩出点名堂。

因为不想当兵，他大学还没毕业，就跑出去工作，从台北希尔顿西餐厅服务员做起，到亚都丽致大饭店、Bankers Club、再到和德国人开巴伐利亚风味餐厅……希尔顿的工作制服是威风的西班牙斗牛装，Bankers Club里面挂着齐白石的画，亚都大饭店里有个Paris 1930，香槟从巴黎空运。"Yesterday when I was young， The taste of life was sweet as rain upon my tongue……"当年弹钢琴的看见他，一定弹这一首。

但如那首歌所唱，那都是Yesterday的事了。始终对他眷顾的上天，最终还是给他来了一下——他来广州看自己投资的纺织厂，却发现因为用人不当，血本无归。曾经希尔顿里的espresso、莎朗牛排、鹅肝酱化为云烟。2002年，他银行里只剩9毛钱，他去柜台取了4毛，买馒头。第二天，再取5毛。再之后，他丢掉了自己的全部证件，索性断了回台湾的念想。

"不定时、不定期的惊喜。"李大哥当年的这句广告语如今想来，颇有深意。命运不会因为你的出身，抑或是你的一往情深，就对你偏爱有加。那天几杯杜松子酒下肚，李大哥反复念叨的，是那一年，他骑着125cc的摩托车环台湾岛带着两个女儿回家去。她们只有六七岁，到了台东的海边，他给她们唱歌；到了高雄的麦当劳，他和女儿打赌麦乐鸡到底有几块，他的女儿说，你要是输了，就帮我抓痒。

那时他的妻子已经决定离开他。他来到大陆，从此失去了和女儿的联系。他甚至不知道她们后来嫁到了什么地方。"台湾有3.6万平方公里，我看了二囍你写的书，才知道台湾原来有那么大。"

　　而陈舒呢，命运也对他"一视同仁"。在他大学毕业，在老家潇洒做着啤酒销售时，一日当他正要去下一家客户拜访时，20米开外，他突然看到一个熟悉的背影。那是她，染了头发，变成了一个牵着小孩的少妇。而那个孩子，正很不流利地叫着妈妈。

　　那天深夜故事的直播，有人评论"比看欢乐喜剧人还搞笑"，但那天的最后，陈舒告诉我说，喜剧的核心是悲剧，他现在最喜欢的是周星驰的电影。《苏乞儿》里，如霜给了苏乞儿一个包子，她曾是他的女神，当他沦落为乞丐，他该如何面对？

· · · · ·

　　新年之后，他们都开始变得很"忙"。李大哥忙着去当模特，陈舒忙着看书，他反复读着席慕蓉，读完，去珠江新城晒晒太阳。他们在书店还结交了很多朋友，经常有人找他聊天，去珠江边喝酒。

如今，书店角落里的那张沙发，已经成了大哥的家，他把行李长期堆放在那儿，我吩咐店员不要去打扰他，哪怕他长期占据消费区而不消费。

而陈舒，仍在继续他的征程，朋友圈里更新的照片依旧是黑白风，看上去苍白，却又坚挺。

"在你们流浪的过程中，遇到过什么困难，对幸福的定义有什么改变吗？"那次深夜故事，他们被问到最多的是这个问题，但他们总是不愿多讲，"没什么好讲的，在你跨出那一步之后，你自己知道怎么办。事到临头，你要活下来，总会有办法。"

流浪，对于他们而言，都只是一种活法，一种选择。

求职信

尊敬的1200bookshop：

　　我叫天佑，来自澳大利亚墨尔本，现在就读于广州市东山实验小学三年级，目前休学在家。因为我非常喜欢看书，也喜欢和人交流，所以希望能在你们店找到一份店员助理的工作，又可以和书在一起，又可以和人在一起。

　　我曾经在一家很好的书店做过暑期工，有一定的工作经验，我希望用我的工作经验给你们帮忙，也希望我本人给你们带来欢乐，还希望和你们在一起学到知识。

　　请多多关照！

李天佑

2017.3.6

书店义工

天佑

今天一早，阿蓉发信息告诉我，说天佑起床后告诉她今天是我的节日，因为我是刘二囍，今天是6月2号，62囍，所以祝福我节日快乐。

这真是一个脑洞不小的孩子。

天佑是书店的小义工，每周二会来上班一天。这个可爱又有灵气的小家伙很快成了网红，每周都有人专程来书店探望他，

拥有不少女粉丝。昨天儿童节，就有好几个人来书店看望天佑，还给他带了礼物。不过很遗憾，他们没有见到人。因为那个周二刚好是儿童节，他要去参加一个足球联谊赛，请了假。

来书店上班时，天佑八岁，如今他九岁了，已经在书店做了小半年的义工。在正式上岗之前，他还正儿八经地写了一封求职信和个人简历。

当然，如果没有这求职信，他也会在书店工作。因为这是我在半年前就答应他妈妈的事情。那是春节时，我特地向一些我感激的朋友发信息拜年，天佑的妈妈阿蓉就是其中之一。

她回复了一长段：二囍，谢谢你遥远的祝福。也给你和家人拜年啦！我很庆幸在广州遇到你和你的书店，虽然没有常去，但就连远在海外的朋友，看我的朋友圈都知道了在广州有一个我喜欢的书店叫1200bookshop，所以应该谢谢你。听说不远的将来你们在北京路还会有一个分店，期待并祝福！

新的一年，我有一个计划是让天佑休学。如果真的这么做了，我很想送他去书店每周做一天义工，搬书，整理，打扫卫生，希望不要给你添麻烦。

我们一家都很喜欢你，愿天佑这个小老鼠长大以后，像大老鼠二囍哥哥一样有丰富的人生和丰富的内心。

　　我理所当然地答应了。阿蓉曾经是个叛逆少女，当初为了爱情奋不顾身，远嫁澳大利亚，定居墨尔本。三年前，为了担起照顾年迈老人的责任，一家三口回到中国，在广州工作生活。那么多年过去了，阿蓉的叛逆精神有增无减。她先是发现，几十年过去，天佑学的语文教材的课文之空洞说教和她上学时并无二致，教育方式也没什么区别。批评惩罚式的教育模式，还在沿用。僵硬腐朽的教育体制下，一年级时，天佑的作业就已经多到做不完。阿蓉只好扮演枪手，当代笔被老师发现，阿蓉被请去班主任办公室，这次她决定与这间学校决裂。在给天佑办理休学后，阿蓉再度成了叛逆妈妈，天佑则从一个

省重点学校的三年级学生，成为了一个社会儿童。

从那以后，每天周二早上九点，天佑就出现在1200bookshop天河北店。来到一个新环境，他很开心。第一天下工，他告诉我说他最大的收获是和两位听障服务员学会了手语，"可以和姐姐们聊天了。"

第二天，他学会了用收银机。他一到店里就搬来小板凳，站在收银机前。理由是他已经自学过初中代数。为了证明自己的理财能力，他从书包里拿出一本名叫《代数任我行》的初中数学书给我看，笔记本里密密麻麻地写着刚刚琢磨出来的计算过程。

真不愧是金牛座，爱钱。

不过，他还是高估了自己的实际动手能力。在客人点了一杯咸柠七时，他愣住了——不认识字。找钱的时候，他又有点磕巴。在店员替他算出了价钱之后，他看看我，有点不好意思："我会算，我只是懒。"

我问他你长大想干什么？答曰科学家。他的双肩书包里，还有一本英文化学实验教材，一本走哪儿拿到哪儿的笔记本，封面上写着"科学笔记"。里面画着他的各种实验流程图。还有作文，那是阿蓉布置给他的作业，在文章里，科学家也无时无刻不思考着宇宙级的问题：

"时间和空间，对你而言，意味着什么呢？"

也许，空间是寒冷冬夜里繁星点点的浩瀚苍穹，又或许是裹着星条旗拖着金色尾巴的火箭，等待着被神采奕奕的宇航员送入孤独的卫星轨道。

但眼下，科学家的主要工作，是把书店里放乱的书本和产品归位。这是我给他布置的任务，刚开始，我还担心他调皮捣蛋完成不了任务，然而事实证明，几周下来，他已经深谙于心。"有两个地方特别容易乱，一个是那个船（进门右手边的图书区），还有一个是这里。"他指的是放文创产品的格子。巡场完，他有时也帮着服务员送餐饮，腰间别着对讲机，小心翼翼地捧着饮料的样子把客人逗得直乐。没有客人的时候，他就对着电脑，把屏幕上的字一个一个地念出来，或者乐此不疲地看着监视器，"坐在放台湾书那里的那个人好像没有消费"。

休学反倒保留了他的好奇心，这其中包括科学知识，也包括他没干过的工作、没看过的书、店员有没有男朋友……他学一切自己想学的知识，午休时间，他也不闲着，跑去看看视频Bill Nye，一个面向儿童的科学节目。他拿出自己的科学笔记，一边看一边画，把上面的科学实验步骤和结果都画下来。

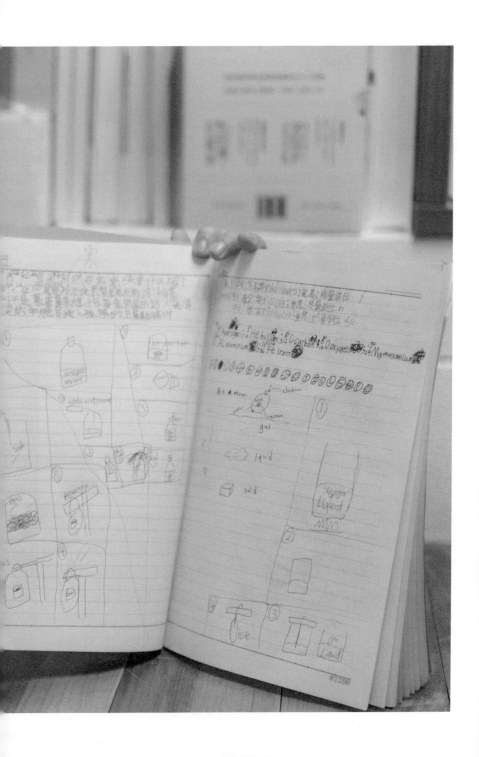

看完，他跑来给我和其他店员讲解："这个和这个兑在一起，会产生气体。我用妈妈的化妆包收集起来。"

"用化妆包的事，你妈妈知道吗？"

"不知道。"

自从有了一群负责鼓掌的听众，他又自制了两个带锁的作业本，专门拿来给书店小伙伴们炫耀他的笔记。在书店里巡场一圈，他会给跟着的店员倒杯水。他从一个人的队伍，到成了有组织的小弟。

如今，天佑已经在书店工作两个多月。这中间，他打碎过杯子，偶尔也偷懒，也不服管教，晃晃悠悠，看书忘了时间。不过他也学会了怎么和客人、店员打交道，怎么动脑筋完成工作，怎么通过工作赚钱买自己想要的东西——他看中了书店一套《疯狂科学》，要将近60块。最近他每天中午都点番茄炒蛋，这样可以从阿蓉给他的伙食费中省下5块，攒下钱买书回家。

店是一个小小的避风港，维护着他世界中天马行空的想象力和创造力，让他学到课堂里学不到的知识。但这里是他暂时的一站，阿蓉说她在考虑暑假后送他去私立小学上学。

天佑很快会离开书店，甚至在不久的将来会离开中国回到澳洲，但是无论去到哪里，在书店的这段经历都将是他人生中一段美妙插曲。

因为他已经表白，将来长大后，要把24小时不打烊的1200bookshop开到墨尔本去。

瞧，书店的种子已经在他心里萌芽。

后记

两个帮助书店的人

　　在书店经营上，日本人是很有想象力和创造力的。无论是代官山的茑屋书店，还是银座只售一本书的森冈书店，都拓展了书店的边界，为全世界所知。为了使1200bookshop变得更好，前段时间我组了个考察学习团，带领各个部门的负责人去东京拜访当地书店。

　　在出发前，我和一位常来书店的读者聊天。他是个爱书之人，去过世界各地许多书店。无意间谈到日本，我透露了接下来有考察东京书店的计划，他说他刚好在日本有套闲置的房子，里面收藏了很多书。当即表示，如果我们不嫌弃，可以住他那里，并当场把钥匙拿了出来。

对于这突如其来的邀请，我的第一感觉是不可信。老实说，我遇到过不少满嘴跑火车的人，他们善于夸大自己，只是为了满足自己的虚荣心，甚至不惜捏造事实，为了推进一场骗局。因此，我没有贸然接受。他可能察觉到了我的怀疑，也没有就此讲下去。

几天后，我去出版社谈接下来的出书计划，遇到了社里的总编，他告诉我黄先生是他相知多年的好友，并向我证实了他不仅在东京，还在伦敦等其他城市也有房产，里面都收藏着他在当地购买的许多书籍。

我这才知道原来黄先生是一家知名企业的拥有人，我本以为多次出现在书店的他，只是一个为了打发寥落时间，尝试用阅读填充自己生活，从而逃避危机的中年人。我见过很多有钱人，毫不掩饰地展示财富带来的权利、傲慢与无礼。而黄先生则完全不同，表现得毫无进攻性，低调而谦逊。如果不是因为他在东京的房子引发的后续了解，我完全无法猜到他是一个事

业有成的生意人。

我约了黄先生，向他表示感谢并接受了他的邀请，同时也针对之前的怀疑表达了歉意。我想这不仅仅是节省一笔住宿费，更是作为朋友彼此信任的基础。他把钥匙递给我后，嘱咐我的不是爱护室内物品，而是把日本人的优势学回来，以后开出更棒的书店。

日本的住宿问题就这样解决了，我们节省了一大笔开支。

一趟旅程的另一大开销是交通。对于盈利能力欠缺的书店而言，我们选择从香港飞东京，这样机票价格可以便宜不少。

我们一行六人提前一天来到香港，这样可以顺带再逛一下当地的书店。

12日上午，坐在广九直通火车上，我忽然想起一位老朋友之前叮嘱我，如果去香港，记得让他知道。于是我给他发了信息说，我今天会在香港逛一天书店，但是由于来的人数较多，不方便打扰，改日再拜访。

没想到他马上打了电话过来，询问我的行程。听了之后他说安排得有点赶，我们乘坐公共交通的话怕是来不及。过了一会，他告诉我他安排了一辆专车载我们逛书店，他的司机已经在火车站等候，会全天陪同我们。

　　说起来，这真的是一位"老"朋友，他是比我高了近50级的华工建筑系师兄。过大的年龄差，让我无法以兄相称，就改口喊学长。

　　在我刚入读华工时，就对蔡学长这位传奇人物有所耳闻，当时校园中轴线上最高的一栋楼就是他捐建的。与何镜堂院士同班同寝室的他，去香港后，投身纺织行业，成为声名远扬的企业家，积累了数十亿资产。他和何院士一样是华工建校史上最杰出的校友，一个是名声大，一个是财富多。在吾等后辈眼中，蔡学长俨然是一尊大神，仅作遥望。

　　然而，忽然有一天，他出现在了1200bookshop，我明白这是一个前辈对后辈身体力行的关怀与支持，我看得出来他很认同我开书店这个事。同样都是从建筑师转型的我们，相谈甚欢，很快成为了忘年交。在随后的一年内，我应邀去过香港几次，都住在他家里，傍晚我们一起在附近遛弯，晚上听他分享过往的经商经验，讲彼此的工作生活与情感，完全不会尬聊。

　　还记得第一次去拜访他，我从红磡火车站过关出来的时候，他一个人已经在等候大厅里安静地坐着了。他给了我一个有力的拥抱后，带我去取车。一位耄耋之年的爷爷独自来火车站等候我，然后八十多岁的他驾着车，载着我在这座物欲横流的城市里穿梭。这一连串的画面，也成为了我记忆中的典藏。

大学期间对蔡学长的了解可能觉得只是一个有钱人，当我真正接触后，发现好像一切都变得与钱无关。

这次也多亏蔡学长安排专车接送，省下来一些时间，让我们有间隙坐下来好好吃个晚饭。蔡学长带着一位朋友前来，他说他们下午约了一起喝咖啡，然后顺带吃晚饭。两位八十多岁的人了，还时不时嬉闹，看得出感情非同一般。后面了解到，这位朋友曾经是他的部下，不过那是二十世纪七十年代的事了，如今已经过了四十年。我想，这真是一件挺不容易的事。

难事不止一件。路上跟司机聊天，得知他竟然已经跟随了蔡先生三十年。

我看了看坐在我旁边的同事，有多少人可以共事三十年？而如果日后他们中有人离开了书店，四十年后我们还能够一起为情谊喝个下午茶吗？

他的司机可以三十年没有变，他和四十年前的部下还是私交甚笃的朋友，当晚的他，穿的是一件旧款康威Polo衫。我想，他不只是有钱。

我很庆幸可以因为开书店而结识一些有钱人，更重要的是他们不只有钱。我在努力使1200bookshop成为一个包容的空间，在过去为很多人提供了帮助，与此同时，它也正在被这个世界包容着，很多人在支持和恩馈着我们，不掺杂着任何功利心。

在书店前进的道路上，金钱并不是特别重要的东西，我想这正是1200bookshop的魅力。

感谢无私帮助过1200bookshop的所有人。

谨以此文为《书店的温度》之后记。